講談社文庫

忍冬《すいかずら》

梟《ふくろう》与力吟味帳

井川香四郎

JN282978

講談社

目次

忍冬《すいかずら》

梟《ふくろう》与力吟味帳

第一話　散りて花

一

　勘定吟味役の美濃部《みのべ》小五郎《こごろう》から呼びつけられたとき、またヘマをやったかとパチ助は兢々《きょうきょう》としながら役務室《えきむしつ》に向かった。

　パチ助とは、算盤《そろばん》が得意だから幼馴染《おさななじ》みにつけられた渾名《あだな》で、毛利《もうり》源之丞《げんのじょう》八助《やすけ》という立派な旗本なのである。

　勘定吟味方改役《あらためやく》になって早二月が過ぎるが、前職の奥右筆《おくゆうひつ》仕置掛の折は特に不始末をしたわけでもないのに一年で左遷された。傍《はた》から見れば、勘定奉行をも監視する勘定吟味役の下で働く方が立派そうに見えるが、幕府内の人事権を掌握している奥右筆にいる方が心地よかった。

とはいえ、算術に長《た》けている八助にとっては、微に入り細を穿《うが》ち公儀の予算を監視する仕事は性に合っているかもしれぬ。気のついたことは、どのような些細なことでも上役に報告し、特別な疑義がある場合には、勘定吟味役の耳に直《じか》に入れていた。ゆえに、周りの諸役人たちの間では、

「毛利に睨《にら》まれたら、ややこしいから気を許すな」

という風評が流れ、それまで親しかった上役たちにも敬遠されたせいか、何となく周りの視線が重かった。

「俺、何か悪いことでもしたのかなあ……きちんと真面目に職務をやっているだけなのになあ」

と襟元が崩れてしまいそうなほどドギマギしながら平伏する八助を前に、美濃部は、その濃い眉毛をキリッと怒らせてはいたが、物静かな声で言った。

「とんでもないことが起きておる」

「は……？」

「これを見よ」

美濃部は分厚い書類を差し出して見せた。借方之部、有物之部、徳用之部、損之部などを示したもので、今でいう貸借対照表や損益計算表、経費帳や買掛帳など商人が

使うような帳簿類がほとんどだった。その中には、老中支配の留守居、大目付、勘定奉行、町奉行から、若年寄支配の小普請《こぶしん》奉行、目付、御台所用人など奥向きに至るまで、数百に及ぶ役職の予算と決算が事細かく記されていた。

「勘定奉行勘定組頭から差し出されている帳簿と、作事《さくじ》奉行大工頭から出されたものを詳細に比べてみたか」

「は、はい……」

慌《あわ》てて見直した八助だが、特段、おかしなところはない。〝出〟と〝入り〟はまったく一致している。

「そこが、おかしいとは思わぬか？」

「はて。勘定方の予算のとおり、作事方がきっちり使っているのが、おかしいとおっしゃるのですか」

「ああ。ふつうならば不足するか、あるいは余るかするものだが、この数年、寸分の違いもなく〝出入り〟が同じなのだ。いや、そのことは構わぬのじゃ。それぞれの奉行の都合もあろう。しかし……」

と美濃部は別の帳簿を広げて、「これと比べてみてどうじゃ」

それは普請請負《うけおい》問屋寄合が、各問屋に提出させた昨年の公儀普請の請負実績表である。八助がつぶさに見るまでもなく、その総計と勘定方の合計とが合っていないのである。

「二十二万六千五百二十三両……これが勘定奉行から出された額で、同じ額を普請奉行が使っていますが……請負問屋の総計では、およそ二万両余りが消えてますな」

八助が暢気《のんき》そうに言うと、美濃部は他人事《ひとごと》のように申すなと厳しく言ってから、

「つまりは、二万両程の金が何処《どこ》かに消えたということだ」

「消えた……」

「だが、実際に金が消えるわけがなかろう。公儀の金を上手く着服している輩《やから》がおるということだ」

「一体誰なのですか、そんな大それたことをしでかしたのは」

「それを調べるのがおまえの役目であろう。職を賭してやる。それが改役のおまえの仕事ではないのか？」

「あ、はあ……」

八助は萎《しお》れた犬のような目で、美濃部を見上げた。明らかに勘定奉行か作事奉行のいずれかが不正を行っていると言っているようなものである。それを八助に職を賭して探索を要求するということは、

——おまえが犠牲になって、不正を暴《あば》け。

と命じているのである。事実、かつても、何人かの改役が公儀の偉い役人の着服横領を咎《とが》めたがゆえに、その命が危うくなったり、罷免《ひめん》されたりしている。立場上ならば、勘定吟味役の美濃部自らが疑惑のある奉行に詰問すべきなのだが、まだ確たる証拠が揃っていないのであろう。だからこそ、八助に探りを入れさせるのに違いない。

「どのように目の細かな網でも、必ず洩れる小魚はいる。そいつを捕らえて、不正の本丸に入る手立てを練るのだ。よいな」

「は、はい……」

「なんだ。気のない返事だのう」

「畏《おそ》れながら、私には重すぎる任かと存じます。私は帳簿上の齟齬《そご》を見つけることは、自分で言うのもなんですが、丁寧で迅速だと思っております。しかし、悪党を引きずり出して裁くようなことは、肝が小さくてできませぬ」

「毛利……おまえは不正を知っていて、それで庇《かば》っているのか？」

と美濃部が疑義を抱いた目を向けるのへ、とんでもないと八助は首を振りながら、

「私たちは勘定奉行勝手方に対して、常に目を光らせる重い役職であることは重々承知しております」

勘定奉行には訴訟を扱う吟味方と会計を仕切る勝手方がある。いわば財務省主計局を監視する会計検査官が八助たちの任務である。幕府の出納のすべてを支配している勘定奉行勝手方には、利権を求めて有象無象の輩が群がるのが実態だ。

公儀の普請事業などは、まさに格好の獲物であるから、普請請負問屋をはじめ材木問屋や油問屋、石材問屋など様々な商人たちがぶらさがってくる。

「だからこそ、勘定奉行勝手方の役人は、賂《まいない》という誘惑に負けそうになる」

「はい……」

「その最たるものが〝談合〟だ。これを見よ……寄合肝煎《きもいり》の鶴田屋だ。こやつは、〝談合〟一味の頭領みたいな者だ。〝啄木鳥《きつつき》の会〟という普請請負問屋を支配しておる」

「啄木鳥の会……」

「コツコツと公儀の蔵の壁を突っつきおる」

「はあ……」

八助が帳簿を繰ってみると、公儀普請の三割に及ぶものを、鶴田屋が請け負っており、残りがすべて普請問屋組合の寄合衆、つまり業者の一部の者が独占している。ゆえに他の請負問屋は下請けにまわらざるを得ない。

「そうですね……」

と八助は暗澹たる思いになって溜息をついた。

「公儀の普請は入れ札で決めることになっておりますが、これでは予《あらかじ》め誰がどの普請をするか決まっているようなものですね」

「さよう。この肝煎の鶴田屋に続いて多いのが、寄合世話役の橋本屋……」

「橋本屋……あまり聞いたことがありませんが」

「この二年程で、めきめきと頭角を現した商人でな、鶴田屋よりも強引な取り引きをして、同業者にかなり怨まれているようだ。普請請負業者としては新参者ゆえな、嫉妬を買っているのだろうが、噂では苛酷な条件を下請けに課して、利幅を増やしているそうだ」

「その儲《もう》けの中から、作事奉行などに還元しているというわけですか」

「うむ。元々、入れ札の値を下げておいて、浮いた金を懐しているのやもしれぬ。その代わり、見返りとして確実な公儀普請を受けられるのだから、談合はやめられまい」

「そんなことが……」

八助は少々のことなら、業者間で話し合いはあるだろうと承知していたが、しっかりと自分たちだけの利権を守るために排他的な寄合をしていたとは思ってもみなかった。

「よいか、毛利。手立てはおまえに任せる。どのような汚い手段を使ってもよいから、作事奉行とそれに連なる問屋を洗い出して、評定所《ひょうじょうしょ》へ訴え出られるような証《あかし》をつかめ」

「私がですか……」

八助は益々気が重くなった。

そもそも、土木工事の際には、作事奉行が〝起こし印〟を押し、それについて必要な費用かどうかを現場に赴いて詳細に調べた後、勘定吟味役が〝中印〟を押す。それがあるからこそ、勘定奉行が〝決済判〟を押して、物事は始まるのである。しかも、勘定奉行が直に金を扱うのではなく、金《かね》奉行がその三つの判によって動くのだから、容易に悪事ができるわけではない。

もし、八助が作事奉行の不行跡を暴いたとしても、事前にそれを見抜けずに〝中印〟を押した勘定吟味役にも責任はあろう。自分で自分の首を絞めるようなものである。だが、勘定組頭から、老中の指名を受けて勘定吟味役となった美濃部はまさに清廉潔白な人物として評判の役人である。勘定吟味役は六人いるが、その中でも抜きん出て才覚もあるらしい。

——ここは黙って、言うことを聞いていた方がいいか。まだまだ六人の子供も育ち盛りだしなあ……。

と八助は拝領屋敷で暮らしている女房子供の顔を思い浮かべた。

「承知しました。幸い私には、幼い頃からの友に、頼りがいのある同じ公儀役人もおります。褌《ふんどし》を締め直して頑張りたいと存じます」

「友を頼らず、己《おのれ》で始末せよ。よいな」

「は、ハハア」

改めて頭を下げた八助は、どっしりと重い荷を背負ったがためか、いつまでも起きあがれないで伏せたままだった。

二

普請請負問屋『橋本屋』の主人・尚右衛門《しょうえもん》がよく立ち寄るという料亭に、ぶらり足を運んで来た藤堂逸馬《とうどういつま》は二階の部屋に上がった。この料亭は両国橋の東詰の尾上町にあって、目の前が隅田川と竪川の出合《であい》になっている。

ここ『百膳《ももぜん》』の二階の手摺りからは、いつも大勢の人が往来している九十六間もの長さの立派な橋が眺められ、繁華な西詰広小路の光景も見渡すことができる。隅田川を上り下りする猪牙舟《ちょきぶね》の櫓の音が頼もしく、帆船が風を切る音も勇ましく感じられる。何処からともなく舞ってきた黄色くなった葉で座敷の中が色づいた。

「すまねえな、女将《おかみ》さん。無理を言って、こんないい部屋を取って貰ってよ」

逸馬はまるで馴染みのような顔で、挨拶に来た女将のおれんに言った。

「お父様にはよく使っていただきましたから。またよろしく」

お父様とは人形町の町名主をしていた実父のことである。逸馬は寺子屋で勉学に励み、町道場で鍛えた神道無念流の剣術の腕前を買われて、町人でありながら御家人の藤堂家が跡継ぎにと養子に迎えたのだった。

その剛毅《ごうき》な態度と、町人にしては威風堂々とした風貌は、まるで何処ぞの若様のようだった。子供の頃から、友だちからは〝大将〟と呼ばれていたのは、持って生まれた鷹揚《おうよう》で明朗快活な気質ゆえである。

養父が天寿を全うして亡くなって後、代々、藤堂家が拝命している町方与力の職を継いだのは数年前。それまでは道場師範などをしながら諸国行脚をしていたが、その折に、

——弱い者が強い者に虐げられ、正直者がばかを見ている。

という現実を見た。子供の頃から、正義感が人一倍強かった逸馬は、まさに弱い者たちに〝与《くみ》して力を貸す〟ために与力となった。

町人の怒りや悲しみを、支配者である武士に分からせるための橋渡しの役職に就いたと思っている。

今般の事件は、公事宿《くじやど》『叶屋《かのうや》』から、

「『小松屋』清八《きよはち》殺しについて、再吟味を願いたい」

と申し出があったからである。『小松屋』清八というのは普請請負問屋の主で、かつては、寄合肝煎の『鶴田屋』の主人・幸兵衛《こうべえ》と〝談合〟に関して激しく対立して、仕事を干された人物だった。『鶴田屋』がお上の言いなりになって工事を請け負うのに対して、『小松屋』は自由に入札をするべきだと主張していたのである。

普請請負業者たちはその背後にある材木問屋や油問屋、炭問屋、さらには大工の棟梁などを巻き込んで、二派に別れて対立したが、確実に公儀普請を得られる〝談合〟のよさを主張する一派の長である『鶴田屋』が勝った。

作事奉行が後ろ盾にいたからだというのが、もっぱらの噂だった。所詮は、長いものには巻かれろで、小松屋清八の求心力は急激になくなり、病がちなこともあって、商いも縮小し、自棄酒《やけ》に溺れていた頃に、つまらぬ喧嘩に巻き込まれて死んだ。ならず者風の男に絡まれて死んだとのことだが、下手人《げしゅにん》は未だに挙がっておらず、一人娘のおかよが『叶屋』公事師の真琴《まこと》に頼んで、再吟味を願っていたのである。

だが、事件を扱った南町奉行所では、永尋《ながたずね》として探索中であると言うだけで、きちんと調べようとはしない。永尋とは、日限尋《ひぎりたずね》という日数を決めて探索したことに対して、延長して続けることだが、そのまま迷宮入りして、およそ解決されたためしがない。だから、改めて北町奉行所に訴え出たのだ。

無下に追い返すと、真琴はちょっと面倒な公事師だ。逸馬はすぐさま南町に出向いて口書《くちがき》を読んだが、探索自体に不手際は感じられない。ただ、腑《ふ》に落ちないことが一点だけあった。

——事件のあった夜、清八は橋本屋尚右衛門と会っていた。

ということである。もちろん、そのことについて、南町でも取り調べられているが、その事件があってから、つまり清八が死んだ後に、『橋本屋』があっという間に寄合幹部になっている。だから、

——清八の死と、橋本屋の〝出世〟には深い関わりがあるかもしれぬ。

と逸馬の頭の中で閃《ひらめ》いたのであった。そこで、橋本屋尚右衛門を定町廻《じょうまちまわ》り同心の原《はら》

田健吾《だけんご》に張らせていたのだが、今日、この料亭で誰かと会うと調べ出してきたので、女将に無理を言って、隣座敷を頼んだのである。

しかし、おれんは北町の吟味方与力が自ら出向いてきて何やら探索するとは、どうも剣呑だと感じたから、

「逸馬さん。うちの店で荒々しい捕り物は御免ですよ。そんなことがあった日には、店の評判が……」

「分かってるよ。ちょいとどんな奴と会うか覗《のぞ》き見してみたいだけだ」

「はい。でも……」

「案ずるな。決して、女将には迷惑はかけねえよ」

女将は逸馬の実父にはよほど恩義があるのであろう。それ以上のことは何も言わず、笑顔に戻って、

「じゃ。とびきりに美味しいものをお出し致しますね」

「ああ。楽しみにしているよ」

しばらくして運ばれてきたのは、脂の乗った戻り鰹の皮を引いた刺身、酒盗と呼ばれる塩辛、あら汁などと松茸や椎茸などの茸づくしである。

一人で食べるのは味気ないというが、やはり旨いものは旨い。隣座敷の尚右衛門

は、後から来た鶴田屋幸兵衛と一緒に、もっと贅沢なものを食べているのであろうが、土瓶蒸しに、零余子《むかご》飯の素朴な味わいが、たまらなかった。零余子とは山芋の肉芽で滋養がたっぷりある。

「ふふぁあ……たまらんなあ……」

焙《ほう》じ茶を飲んで一息ついたとき、女中の声があって、一人の武家が頭巾を外しながら階段を上がってきた。さりげなく少しだけ開けていた障子戸の隙間から見た逸馬は、

「あっ」

と声を上げそうになった。

作事奉行の長野太郎左衛門だったからである。

「ふむ。ろくな噂がない御仁のお出ましか」

何度か長野には会ったことがある。一年程前に、新大橋の修繕の折、大工が数人転落した事故があって、そのことで北町奉行の遠山左衛門尉《さえもんのじょう》に命じられて、普請奉行配下の大工頭や大工棟梁に事情を聞いたことがある。いずれも町人の大工ではなく、今でいえば国土交通省の技官である。

その折に接した長野の態度は、まったく奉行の立場にあるとは思えないほどの他人

事のような素振りだった。足場の木材が弱かったから、麻吉《あさきち》という大工が一人死んだのだ。にも拘《かか》わらず、

「近頃の大工は腕が悪いと思うたが、足も悪いのか。いやはや、困ったものだ」

といって、公儀普請方の責任は一切ない、大工たちが不注意だったか、普請請負問屋の不始末か、材木を調達した材木問屋の不手際だから、その者たちを調べよと断じた。もちろん、商人や職人たちにも事情は聞いたが、現場の者たちに不注意があったとは思えなかった。だが、その事件も結局はうやむやになり、逸馬もいつしか忘れてしまった。

そんな話があったから、真琴から訴えがあったときに、逸馬は心の何処かに引っかかりがあったのだ。

「長野と鶴田屋と橋本屋……なるほど、談合の立役者《たてやくしゃ》がお揃いってわけか」

逸馬はそっと襖《ふすま》に寄り添って、どのような話をするのかと耳をそばだてていたが、そろそろ甘鯛の焼いたのが旨い時節だの、何処そこの水茶屋の女が美形だのと、食い気と色気の話ばかりをしている。

ことりと裏庭で足音がしたので、窓から見下ろすと、頬被りをした八助がのそりのそりと植え込みの陰を這うように来ている。その鈍そうな動きは子供の頃のままであ

る。

「パチ助」

声をかけると、八助は達磨落としのようにガクッと崩れて、頭を手で覆った。それまた西瓜《すいか》泥棒が見つかったときのような格好だ。

「俺だよ、八助」

しばらく辺りを見回して、声のした方を見上げたが、手摺りに肘《ひじ》をかけてにやりとしている逸馬を認めて、

「おい。そんな所で何を……」

と言いかけて口を押さえた。どうやら、作事奉行の長野を尾《つ》けて来たようだが、その間抜けな様子ではすぐにバレてしまうであろう。逸馬は手招きして、二階へ来るように誘うと、何となくバツが悪そうに微笑み返した。

二階の部屋に来た八助は、すぐさま勘定吟味役に探索を命じられた事情を話して、今日の密談をつかんで、こっそりと一人で張り込んでいたと言った。

「ほう。おまえがそんなことをするのか」

逸馬がからかい半分で感心したように言うと、八助は実に怪訝《けげん》そうな目で、

「おまえこそ、こんな所で何をしてる。まさか、一人で旨いものを食ってるだけでも

あるまい。さては、何処その女をたぶらかして……」

「よせよ。俺は〝黄表紙〟じゃねえぞ」

黄表紙とは、寺子屋の同じ幼馴染みで、武田信三郎《たけだしんざぶろう》のことである。やはり公儀役人で、寺社奉行配下の吟味物調役である。評定所で執り行われる裁判の下調べをする、下級役人だから、旗本の八助より身分は下だが、〝大将〟こと逸馬ともども、八助をいいように利用している。つまりは、子供の頃の使いっ走りだった八助の役目は、そのまま大人になっても変わっていないということだ。

「だったら、大将。何をしてるのだ」

「おまえは談合があるかどうか探ってると言ったな。もしかすると、俺が調べ直していることと、どっかで繋がっているかもしれんな」

「どういうことだ」

「まあ。ちょっとばかり、話を聞いてみようじゃないか」

と逸馬は指を立てて、静かにしていろと八助に目顔で言った。

三

その隣座敷では、まったく逸馬たちがいるとは気づいておらずに、橋本屋尚右衛門と鶴田屋幸兵衛、そして、作事奉行の長野太郎左衛門がひとしきりムツ鍋を食べた後、声を落として何やら秘密めいた話をしていた。もっとも、誰かに聞かれたとしても、自分たちにしか分からぬ符丁を使って喋っているから、容易に内容が気取られることはなかった。

「それにしても、橋本屋。まさか、おまえが、あの〝菜の物〟を裏切って、儂《わし》に与するとは思わなかったぞ」

と長野が言うと、すらりと背筋を伸ばした尚右衛門は意地悪そうな目を向けて、

「御前様。済んだことはよろしいではないですか。〝菜の物〟は所詮は飯のおかず。我々にとって、あってもなくてもよいものでございましょう」

菜の物とは、何者かに殺された小松屋のことを指している。小松菜とかけたのであろうが、もはや不要なものと消したのは長野の命令である。

「たしかにな……儂の言うことを聞いておれば、〝菜の物〟はただのツマではなく、

〝みたらし〟の串にだってなれたはずだ」

談合を団子と洒落て、問屋寄合を貫く要のような立場だったのに、その地位まで失ってしまったことを嘲笑しているのである。さほど小松屋は、談合の実態を憂慮し、――決して正しいことではないから、このような悪《あ》しき慣習はなくすべきだ。と、お上にも訴え出ていたのである。しかし、談合は必要なものであるとの考えが、作事奉行にも商人の方にもあった。特定の者が利益を得るためではない。普請に関わる多くの者たちに、公平に仕事を割り振る便宜をはかるためのものである。

「入れ札なんぞというのは、籤引きみたいなものだからな。運の悪い請負問屋は、わずかな差で、いつも仕事を逃すことになる。だから、みんなが不平不満のないように根回しして、できる限り多くの問屋に普請ができるように配慮しているのではないか」

そう作事奉行も鶴田屋も言い切っている。悪いことをしているとは、まったく思っていないのである。

「ところで……〝大権現様〟お改めの件だが、落札の値はまもなく勘定奉行より賜る。もちろん、それは概算であって、決定はこの儂ができるゆえな、橋本屋、またぞろおまえが落として、下請けに回すがよい」

「日光東照宮改築のことですな」

「これ、口に出すでない」

「申し訳ありません。しかし、私どもで受けては、鶴田屋さんが……」

「遠慮はいらぬ。こやつは散々、儲けて来たからな。それにまもなく、江戸城西之丸の修繕から、東海道の本陣、脇本陣の建て直しなどの話も出てくる。もちろん、新たな橋梁の計画もな。その折には、またぞろ鶴田屋にその采配を任せることになろう」

「有り難き幸せにございます」

と鶴田屋は嬉しそうに微笑してから、前からお渡ししたかった、古丹波の茶碗だといって箱を手渡した。そこには茶碗ではなく、小判が入っていることは分かっていたが、

「そうか、古丹波か。これで益々、旨い茶が飲めそうじゃ」

などと長野がほくそ笑むのへ、鶴田屋は深々と頭を下げてから、

「では、私は先に失礼致します。他の用事がありますので……では、橋本屋さん、御前様のお相手、しっかりお頼み致しますよ」

丁寧に言ってから立ち去った。

足音が遠ざかるのを確かめるように、長野は耳をそばだてていたが、聞こえなくな

ると、フンと鼻で笑うような仕草で、茶碗の桐箱を傍らに押しやってから、

「もっと近う寄れ、橋本屋……いや尚右衛門」

「はい――」

尚右衛門は膝を進めると、銚子を傾けて長野の杯に酒を注いだ。役人から、屋号ではなく、名で呼ばれるということは信頼の証でもある。尚右衛門は恐縮したように全身に感謝の気持ちをこめて、

「御前様から、そう呼ばれるのは過分な幸せに存じます」

「そんなことより、しっかりと頼んだぞ……鶴田屋はそろそろ潮時じゃ」

「は？」

「驚くことはあるまい。奴はもうそろそろ還暦を迎える。それに引き替えおぬしは……」

「四十になりましてございます」

「益々、これからが男盛りではないか。楽しみにしておるぞ。よいか、尚右衛門。〝大権現〟の普請をそつなくこなせば、五十三次の方も、おまえに任せようではないか」

「しかし……」

「鶴田屋のことは案ずるな。それなりに花道を作って隠居させてやる。それで文句を言うようならば、仏になって貰うまでだ」

「…………」

「鶴田屋は儂の先任者、鴻上左馬亮《こうのうえさまのすけ》殿と長年つるんでいた奴ゆえな、もう肝煎を辞してもよい頃合いであろう。これ以上の欲をかくとどういう目に遭《あ》うか、自分が一番知っておろう。己がやってきたことなのだからな」

公儀普請に関しては、業者に談合をさせてはならぬと、寛文四（一六六四）年に幕府が命令を下しているが、そのような御定法は有名無実であった。

「まま、今日は前祝いじゃ。おぬしと儂の新たな〝みたらし〟のな」

「有り難き幸せにございます」

と尚右衛門は改めて頭を深々と下げると、もう一度、酒を注ぎ直して、「では、御前様。私が寄合肝煎になった暁には、鶴田屋さんの倍、いや三倍の見返りをお約束致しましょう」

「できるか、それが」

「いかようにも。そのために私は御前様にお仕えしてきたのですから。その代わり……」

「その代わり？」

「例の仮役《かりやく》との交渉役も私めにさせてはいただけないでしょうか」

「仮役の……」

長野はほんのわずかだが眉根を上げて、尚右衛門を訝《いぶか》しげに見た。

作事奉行の配下には、〝作事方被官〟と呼ばれる現場監督と、それを監視する〝作事方仮役〟という役職がある。いずれも公儀普請には欠かせない重要な役目であった。殊に、仮役の方は、勘定吟味役とも連携しつつ、大棟梁の木割という測量や設計どおりに普請をしているか、材木や石材はきちんと吟味しているか、工法や強度は適切かどうかを検査する重責があった。

逆に言えば、仮役を丸め込めば、多少の不正は誤魔化せる。手抜き工事を見逃して貰うことで、利益を得ることができるのだ。

「仮役は御前様を飛び越して、ご老中に進言できる立場……ですが、その前に、御前様の部下でもあるわけです」

「うむ……」

「勘定吟味役と密に繋がりをもって、普請場を色眼鏡で見ている仮役こそが、我らにとって一番ややこしい存在でありますから、この私めが、何とか押さえておきたいのでございます」

「………」

「そうすれば、万が一のことがあっても、御前様には迷惑が及ばず、私の責任として始末できることですし、相手が私のような問屋ならば、仮役も見下しますから、油断をしましょう。そこを上手くついて籠絡《ろうらく》するのです」

「そう上手くいくかな」

「必ず……」

尚右衛門は痛いほど強い視線を、長野に注いだ。

「しかし、尚右衛門……おまえはどうして、そこまで変わったのだ」

「は？」

「あれほど、小松屋を慕っていたではないか」

「それは……」

と尚右衛門は少し言い淀んだようにみえたが、「最も利用できる男と思っていたからです。それが、まさか肝煎の鶴田屋さんと対立するとは思ってもみませんでしたから……わざわざ負け馬に乗る者はおりませんでしょう」

「ほほう。おまえも、なかなか性根が悪いのう。だがな……今の話はまだ先だ」

「……………」

「仮役の大西は、儂の掌中にいるも同然。目が届いているうちは、身動きできぬ」

「ですが、いつご老中に直訴するか、分かったものではありませんぞ」

「案ずるな。奴の弱みは、しっかりとつかんでおる。イザとなれば……分かっておろう。そんなことよりも、おまえは普請請負問屋寄合の肝煎となるべく精進せい。そのために、結果を出して、立派な〝啄木鳥の会〟にするがよい」

「ははあ」

と尚右衛門は素直に頭を下げたが、何処か煮え切らぬ顔で畳を見つめていた。

四

その夜、逸馬は八助を連れて、『一風堂《いっぷうどう》』に来ていた。日本橋北にある時の鐘からほど近い破《や》れ寺を利用して営まれている寺子屋である。二人とも子供の頃は共にここで過ごしたのだ。

仙人こと宮宅又兵衛《みやけまたべえ》は、一杯飲んでもう奥の部屋で寝ていた。近頃はすっかり酒にも弱くなって、二言目には、

「面倒臭いのう」

と洩らすのが口癖であった。

それでも、逸馬たちがなにかと慕って来ているのは、少しばかり年老いた師が、寂しいのではないかと気がかりであったからだ。理由は他にもある。あれこれと重要なことを密談するには丁度よく、寺子屋ゆえに傍目《はため》から余計な詮索をされることがなかったからだ。

「今日は、茜《あかね》がいないな」

茜とは、住み込みで寺子屋の先生をしているまだ二十歳前の娘だが、時々、ふらりといなくなる。何処へ行っているのか、仙人も心配しているようでもあり、無関心のようでもあり、なんとも曖昧な仲だった。

もっとも、逸馬だけは、茜が南町奉行の鳥居《とりい》耀蔵《ようぞう》の密偵であることは見抜いていた。

茜の方も、ばれていると察知しているが、「何も言うな」と逸馬があえて避けているので、それに甘えていた。何ヵ月も『一風堂』で子どもたちを相手にしながら、茜が感じていたことは、

――仙人も逸馬たちも、鳥居が思っているほど悪い人間ではない。いや、むしろ善

人なのではないか。

　ということである。だが、奉行命令である限りは従わざるを得ない。仙人は個人を尊重する石門心学《せきもんしんがく》の学者であるから、封建制度においては〝危険〟な考え方だと、お上には思われていたからだ。

　茜の代わりに、奥から顔を出したのは、〝黄表紙〟こと武田信三郎だった。

「よう。遅かったじゃないか。二人で陰間茶屋にでもシケ込んでたんじゃないだろうな」

「気色悪いことを言うなよ、信三郎」

　と八助はゲッと吐き出す真似をしてから、「大将から聞いたよ。おまえも、作事奉行・長野太郎左衛門様の身の周りを探っているらしいな」

「うむ。寺社奉行直々の命でな」

「三人とも、悲しきかな宮仕え。上役に言われれば二つ返事で従わねばならぬとは」

「俺は別に命じられていないぜ」

　逸馬だけは、務めだからやっているのではないと主張したげだった。小松屋清八が殺されたことが未解決だということや、大工麻吉が事故で死んだ一件を調べ直すことが、二人の無念を晴らしてやれる唯一のことだと思っていた。

「で、どうなのだ、大将」

と信三郎が、『百膳』で何を聞いたのか、知りたがった。

「おまえの言ったとおり、作事奉行の長野は鶴田屋と橋本屋に会ったが、これといって新しいことは聞き取れなかった」

と逸馬はそう返事をしてから、「ただ、橋本屋が、鶴田屋を出し抜いて、肝煎になるのは間違いなさそうだ。長野も後押し……いや、むしろ煽動している節がある」

「談合の証はつかめなかったのか」

「たとえ話を聞いたと訴え出ても、知らぬ存ぜぬを決め込まれれば、それまでだ。目にみえる確たる証をつかまねばなるまい。それが露《あら》わになれば、鶴田屋が消された事実も引っこ抜けるかもしれぬからな」

「何をやってんだ、まったく……」

信三郎は珍しく苛《いら》ついていた。いつもなら、探索と聞いても斜に構えていて、必死になっている逸馬や八助のことをニヤニヤ他人事のように冷めて見ているくせに、何があったか知らないが、やけに真剣な顔つきである。

「どうした、信三郎。風邪を引いて熱でもあるのか。それとも、色男が災いして、目当ての女に肘鉄砲でもくらったか」

と逸馬はからかうように言ったが、まったく意に介さないで、

「……大将。今、橋本屋が肝煎になると言ったな」

と信三郎は真顔のままで問い返してきた。

「ああ。鶴田屋はもう古いんだそうだ。長野に気に入られたのだから、当然の成り行きといえば成り行きだろうがな」

「そこだよ、俺が分からないのは」

「ん？」

「少なくとも、その橋本屋は俺が知っている橋本屋ではないのだ」

「会ったことがあるのか？」

「一度だけな」

信三郎は寺社奉行の吟味物調役として、一昨年の上野寛永寺修繕の折に、橋本屋尚右衛門を取り調べたことがある。談合があったという疑いがあったので、三奉行がそれぞれ作事奉行を呼びつけて聞き取りをした一方で、普請請負問屋の方には、信三郎が赴いて話を聞いたのだ。

評定所で談合疑惑が扱われたのは、亡き小松屋清八が決死の覚悟で、勘定奉行に訴え出たからだ。

勘定奉行は四人いる。そのうち一人は、跡部良弼《あとべよしすけ》という、時の権力者、老中首座の水野越前守忠邦の実弟であった。ゆえに幕府内では優遇されており、多少の愚行をしても咎める者はいなかった。だから、数々の付け届けも、当たり前のように受け取っていた。もっとも、当時は諸大名から将軍に特産物を献上するがごとく、賂《まいない》を渡すのは公然と行われていたから、跡部も罪の念はなかったであろう。

しかし、物事には程度というものがあり、職権に関わるものであれば、節度を持って対処するのが役人としての務めであるはずだ。だが、跡部は自ら要求していた節もある。そして、公儀普請にまつわる談合を見て見ぬふりをしていたとの噂があった。とはいえ証拠のない話である。ただの悪意をもった風聞かもしれぬ。だが、小松屋清八は、その談合の真っ直中にいた人物である。鶴田屋幸兵衛を補佐する役目にいた者が、自ら訴え出たのだから、評定所としては取り上げざるを得なかったのだ。

「跡部様が評定所の担当でないときに、別の勘定奉行に訴えたのだな？」

八助が尋ねると、信三郎は大きく頷《うなず》いて、

「それほど、小松屋清八は、跡部様に疑いを抱いていた……いや、確信を持っていたというわけだ」

「で？　橋本屋が変わったというわけは」

今度は、逸馬が膝を詰めて訊《き》いた。

「その頃は、橋本屋尚右衛門は、小松屋のことをまるで父親か兄のように慕っていたのだ。俺が事情を聞き込んだときにも一緒にいて……」

次のように、尚右衛門は話したという。

『この悪しき慣習をなくして欲しい。私たち普請問屋の者にとっては、確実な儲けになるから、よいことかもしれません。けれど、その裏には、特定のお奉行が濡れ手で粟の大儲けをしていて、それはまさに公儀の金を私腹していることに他なりません。それがために、公儀の金が無駄遣いされ、きちんとした普請の値ではなく、安値で引き受けざるを得ないがために、手抜き工事だって罷り通っているのです。それで一番、損をするのは誰でしょう。危ない目に遭うのは誰でしょう。我々、町人ではありませんか』

そう切々と涙ながらに訴えていた尚右衛門の姿を、信三郎は忘れられないというのだ。しかも、少し心の臓を患っていた小松屋を支えるようにしていた、その姿が目に焼きついているのだ。

「でも、人間てものは、金であっさりと変わるんだよ」

八助が少しばかり冷めたように断じた。そんな輩は幾らでも見てきたという。それには逸馬も頷いたが、たしかにあまりにも極端な変わりようは、何となく腑に落ちなかった。

「そうは言うけどよ、大将。この世の中、長いものには巻かれろだって、何度も話したじゃないか。尚右衛門は、今でも、病に伏した親を抱えているし、女房子供だって大切だろう。もし俺なら……ああ六人もガキがいるからな、仲間はずれにされるくらいなら、少々のことには目をつむって、談合に従うかもしれないな」

「本気で言ってるのか、パチ助」

信三郎が少し気色ばんだ顔になって詰め寄った。

「そんなにムキになるなよ、喩え話じゃないか。だがな、人間、最後の最後は我が身が可愛い。小松屋は正しいのかもしれない。けれど、背に腹は代えられぬ」

「パチ助、貴様……！」

「よせよ、信三郎。俺たちが喧嘩したところで何にもなるまい」

逸馬は信三郎の腕を強くつかんだ。そして、

——俺には分かる気がするぞ。

と呟《つぶや》いて、目顔で頷いた。

その逸馬の顔が、遠い昔の十歳の子供の頃の表情になっていた。そう……ある事件

で、四面楚歌となった信三郎を庇ったときの逸馬の頼もしい瞳だった。信三郎も何か言い返そうとしたが、逸馬は余計なことは言わなくてもよいと頭を振った。

「なあ、八助……」

と逸馬は続けて、「金で転ぶ奴もいるってことは俺も承知してるし、それが弱い人間だろうよ……だが、俺が気になってるのは、だったら尚右衛門は、馴れ合いに従ってるだけでもよさそうじゃねえか」

「え？　何が言いたいんだ」

「長野様に取り入って、鶴田屋を凌駕《りょうが》するほどの地位になる必要があるかな」

「野望というものは一旦火がつくと、燃え尽きるまで炎が大きくなるというからな。それこそ、人の心の闇なのではないか？」

「そうは思えぬがな、俺は……いや、何か根拠があるわけではない。ただ何となくだが……さっき、襖越しに聞いていた尚右衛門の声には、野望でも欲望でもない何かを……感じたんだよ」

逸馬がその声を思い出すかのように目を閉じたとき、すうっと襖が開いて、幽霊のような青い顔で仙人が入って来た。気配がまったくなかったので、三人ともギョッとなったが、仙人はくすくすと笑って、

「またぞろ、三羽烏がよからぬ談合か？」

「先生、大丈夫ですか……」

と逸馬が体を支えようとすると、

「年寄り扱いをするな。よいか、こんな寒い夜は庭に出て月を眺めよ」

自ら縁側に出ると、腰に手をあてがって、反り返り、

「直心《じきしん》、是れ道場。衆生の心、清ければ、すなわち国土清し……おまえらなら、言わずもがなじゃろうのう」

と自分の頭を照れくさそうに撫でた。

五

その翌日、深川蛤町にある『橋本屋』を訪ねた逸馬は、意外とこぢんまりした店で、奉公人なども少ないことに驚いた。番頭から丁稚《でっち》まで入れて十数人しかいない。

普請請負問屋は物を扱う商いではなく、公儀などから工事の受注をして、材木問屋や石材問屋を決めたり、大工や左官などの職人を選んで、普請全体を取り仕切るのが仕事だから、有能な者が何人かいればよいだけだろうが、それにしても少ない。

近所の者に聞いてみると、一時は奉公人が増えた時期もあったが、今はむしろ減っているという。どう見ても、普請問屋寄合の世話役をするほどの大店《おおだな》とは思えない。主人の尚右衛門は忙しいのであろう。ほとんど店にはおらず出払っていて、噂ほど贅沢な暮らしをしている様子はない。

それは奉公人も同じで、御用達《ごようたし》商人にありがちな驕《おご》り高ぶった態度ではなく、むしろ腰が低いくらいであった。だから、近所の者には評判は悪くない。

その一方で、店は地道な商いのように見せかけておいて、根岸や向島などの寮では、妾などを囲って、小判に埋もれるような暮らしをしているという噂もあった。その姿を逸馬は見たわけではないが、

――本当の金持ちは、まったくその素振りすら見せない。

ともいうから、尚右衛門は人知れず、贅沢三昧をしているのかもしれぬと思った。

だが、聞き込みをした番頭の益兵衛《ますべえ》は、

「旦那様は本当に人が変わった……」

と嘆いていた。益兵衛は、尚右衛門が炭問屋をしていた頃からの奉公人だという。同じ『橋本屋』という屋号で、尚右衛門の父親が一代で築き上げた炭問屋で、本所深川界隈の商家を相手に、なかなかの商いをしていたという。

尚右衛門は父親から継いで商売をしていたのだが、類《たぐ》い希《まれ》な商才があったのであろう。あっという間に父親の何倍もに身代を膨らませて、深川でも屈指の大店になった。やがて、炭の商いだけでは物足らず、油や材木にも手を広げた。それも成功したから、普請自体を請け負うようになり、その頃に手ほどきを受けたのが、小松屋清八であった。

「てことは、小松屋とは結構古いつきあいだってことだな」

と逸馬が訊くと、益兵衛は何度も頷きながら、

「はい。恩人みたいなものだと常々、うちの主人は言っておりました」

「だったら、どうして裏切るような真似をしたのかな」

「分かりません。ただ……」

「ただ？」

「まるで、魂が入れ替わったように別人になったのは事実です……以前は、あんな酷い主人ではありませんでした。ええ、人を人とも思わぬようなね」

益兵衛が自分が奉公している店の主人の悪口を平気で言っていることに、逸馬は違和感を抱いた。が、それは怨みつらみというよりも、どうして不実な人間になってしまったのかと嘆いているように見えた。

「揚げ句の果てに、奥様とも離縁して、実家に帰しました。坊ちゃんもまだ小さいのに……手切れ金はたんまりやるからいいだろうって、半ば強引に突き放したのです」

「女房子供も……」

「棄てたんです、塵芥《ちりあくた》みたいにパッとね」

「…………」

「主人にとっては、普請請負問屋として成り上がることが狙いだったのです。世間様で噂されているように、談合だの何だのと言われても、そんなことは何処吹く風。炭問屋をしていた頃の謙虚さなど、すっかり忘れてしまって、私に話すことも、どうやったら手際よく儲かるかとか、身代を増やすためには両替商にも手を広げた方がいいのではないかと、とにかく頭の中は金、金、金なんです」

一気呵成に喋った益兵衛は、周りの手代たちからは白い目で見られていたが、さして気にする様子もなく、

「何を見ているのです。さっさと自分の仕事をしなさいッ」

と叱りつける始末だった。

「番頭さん。どうして、尚右衛門は守銭奴みたいになったんだと思う？」

逸馬はどんな小さなことでも知りたかった。町方では、尚右衛門自身が小松屋清八

を殺したのではないか。だからこそ、肝煎の鶴田屋幸兵衛と肩を並べるほど、作事奉行に引き上げられたのではないかと考えられていたからだ。

「よく分かりません……私はただただ……主人がいつかは気づいてくれると……元のあの明るいお人に戻ってくれることを願っているだけです」

随分と好意をもっているのだなと逸馬は感じたが、それは身内の欲目であろう。少なくとも逸馬が聞き込んだ限りでは、以前の面影はまったくなく、脂ぎった欲の突っ張ったような男になったという評判ばかりであった。

逸馬がさらに話を聞こうとしたとき、

「北町の旦那」

と凜とした声があって、真琴が通りを跳ねるように駆けて来た。後からは、番茶も出花の年頃の娘がついてきている。

「藤堂様。私の訴えどおり、本当に探索をし直してくれてたんですねえ」

少し皮肉をこめた言い草だった。

「当たり前だ。下手人が分からないまま放っておくのは、厠《かわや》で出かかった……」

「結構です、あなたの下品な喩えは聞きたくありません」

きっぱりと突っ返すような目を向けて、後ろで控えている気弱そうな娘の手を引いた。

「この娘さんが、小松屋清八さんの残された子です」

「おかよちゃんんか」

逸馬が訊くと、おかよは小さな声で返事をした。半分泣き出しそうな顔をしているのは、悲しいからでも辛いからでもなく、生まれつきのようだった。その背中を押すようにしながら、真琴が言った。

「今日は、橋本屋さんに直々《じきじき》に言いたいことを言いに来たのです」

「あいにく留守のようだが」

「では、帰って来るまで待たせて貰います」

そう断じる真琴の目には、真っ直ぐに真実を見極めたいという願いと、弱い者を助けたいという思いが溢れていた。女ながらに、どうして、ここまで〝正義の実現〟や〝一人一人の幸福〟に拘《こだわ》るのか、逸馬には不思議に思えた。今更ながら、真琴という女の心の奥を覗いてみたい気になった。

おかよと一緒に、逸馬も待っていたが、尚右衛門が帰って来たのは夕暮れ近かった。

尚右衛門は与力姿の逸馬を見て何事かと驚いたようだったが、それよりも、おかよが待っているのに戸惑ったようだった。だが、軽く視線を流しただけで、帳場の前に座って、分厚い大福帳を繰りはじめた。

「さすがは肝煎になろうかという御仁だ。一刻も惜しむほど忙しそうだな」

どうして、肝煎の話を知っているのか、不思議そうに目を向けたが、逸馬はにこりと笑いかけながら、

「噂があちこちで立ってるぜ」

と、わざと嘘をついた。尚右衛門の方も何か狙いがあると察したのか、警戒をしながら、

「――町方の与力様が、何か御用でございましょうか」

「うむ。小松屋清八殺しについて調べ直しておる。おまえの大の恩人らしいな」

「…………」

「俺の話の前に、おかよちゃんが、おまえに聞きたいことがあるそうだ」

逸馬は真琴に目配せをして、帳場の前まで連れて来させた。おかよはじっと尚右衛門を睨むように見つめて、

「あの夜……殺された夜、父は尚右衛門さん、あなたに会うと言って出かけました」

「…………」

「その帰りに辻斬りか物盗りかに遭って殺されたんです。私はそのときは、なんと不幸なと思っていましたが、もしかしたら……」

「もしかしたら？」

「あなたが関わっているのではないかと考えたら、もう居ても立ってもいられなくなったのです。父は体が強くないので、あまりお酒を飲む人ではありませんでした。でも、あの夜、あなたに会いに行く前には、一合も飲んで出かけたのです」

「だから？」

「最後の父の顔を知っているのは、あなただけです。ですから、そのときの話をきちんとしてください」

と、おかよは懸命に気丈な顔を向けて、尚右衛門に迫った。

「そう言われてもねえ……私が殺されたところを見たわけではないし」

「生きているときの最後の父の姿のことです」

「四方山《よもやま》話をしただけだが？」

「違うでしょう」

と口を挟んだのは真琴だった。きりっと眉を吊り上げて、朱色の半纏《はんてん》の襟を真っ直

ぐ引っ張りながら、

「公事宿『叶屋』の者です。いいですか、あなたは、その日、もはや談合はやめようということを、小松屋さんに持ちかけられたのではないですか。そのことは、小松屋さんが前の日の日記に書いているのです」

「…………」

「もっとも、その日、あなたがどう答えたかは、記されていませんがね。そりゃそうです。その帰り道、何者かに殺されたのですから」

真琴は〝何者か〟という言葉に力を込めて、まるで殺《や》ったのは尚右衛門だとでも言いたげだった。同じような目つきで、おかよも責めるように睨みつけた。

だが、尚右衛門の方は苦笑いをするだけで、

「おかよちゃん。久しぶりに会ったから、少しは大人になっているかと思ったら、そんな下らぬことですか」

「下らないですか！」

「探索なら、そこの与力様にお任せして、おかよちゃんはもっと前向きに暮らしなさい。早く嫁にでも行って、辛いことは忘れるのですな。なんなら、私が親代わりになってもいいですよ」

「結構です」

「若い身空で、そんなに突っ張らなくても」

恩人の娘に対する態度ではない。尚右衛門の人を小馬鹿にしたような言い草に、真琴が思わず声を荒らげようとしたとき、同心の健吾が突っ走ってきた。まさに土埃を巻き上げながら、暖簾《のれん》を潜って店内に入って来るなり、

「藤堂様。ちょっと……」

と手招きをして耳打ちをした。

途端、逸馬はギラリと尚右衛門を振り返って、

「悪いが、橋本屋。ちょいと北町奉行所まで一緒に来て貰おうか」

「え……」

さすがに困惑した色が広がったが、江戸中の普請請負の寄合肝煎になろうという男である。胆力だけはあるのか、訳《わけ》も聞かずに、薄ら笑みになって素直に従った。

六

北町奉行所の玄関を入って右手に行くと、与力番所がある。

逸馬は一旦、そこへ入って刀を置き、裃《かみしも》に着替えると、資料を手にして例繰方《れいくりかた》の隣にある詮議所に待たせていた尚右衛門の前に出た。

尚右衛門は殊勝な顔つきで、正座をして背筋を伸ばしていたが、特段、不満そうな態度ではなかった。どのような容疑であろうが、すぐに晴れると思っているようだ。

本来なら、大番屋で取り調べてから、詮議にかけ、必要ならば、お白洲《しらす》に引きずり出して、奉行直々に取り調べることになっている。

だが、すぐさま奉行所内で詮議をするとは、そのまま小伝馬《こでんま》町牢屋敷送りになることを意味している。尚右衛門もそのことを承知しているから、緊張しているはずだが、よほど自信があるのか、むしろ堂々としていた。

「あんたにとっちゃ、俺なんざ、若造の与力だが、ガキの頃から分からねえことには、とことん向かっていく性分でな。長いつきあいになるかもしれねえが、まあ我慢しろ」

逸馬は少し威圧的な目になって、まずは小松屋清八殺しについてのみ訊いた。

当時の犯科帖を同心詰所や例繰方から借りて来ても、殺された場所や刺し傷など死体の状況、身辺の探索模様が記されているだけで、どれほど尚右衛門が関わっていたかは分からない。

「番頭たちの話じゃ、おまえは、小松屋から普請のイロハを教えて貰った恩義を、ずっと抱いていたというではないか」

「その通りでございます」

「恩を仇で返すのか」

「私は殺してなどいません」

「それはこっちが調べて決める。答えろ。恩義を感じていないのか」

「感じておりますとも」

「ならば、どうして、小松屋を裏切って、鶴田屋に尻尾を振ったのだ」

「…………」

「答えられぬのは、疚《やま》しいことがあるからか」

「一言では言い尽くせませぬ。お役人に色々な事情があるように、商人《あきんど》には商人の事情があるのでございます」

事情という言葉を強めに言いながら、尚右衛門は鋭く逸馬を見上げた。与力よりも一段低い板間に座っており、その背後には同心の健吾が控えているが、尚右衛門はまったく萎縮していなかった。むしろ、挑んで来るような強烈な眼光だった。

逸馬はじっとその瞳を睨み返した。だが、不思議と嫌な感じはしなかった。悪人にありがちな鈍く淀んだ光ではなく、秋空のように澄み渡った目だったからである。

「その事情とやらを聞いてみたいが」

「与力様に商いの裏話をしたところで何になりましょう。それよりも、何故、私がここに呼ばれなければならなかったのか、その訳を聞かせてくださいませんか」

言葉は丁寧だが、いかにも性根が座っている態度の尚右衛門であった。

恐らく、健吾が何を逸馬に囁いたか知りたいのであろう。

「先刻は何も言わず、黙ってついて来たではないか」

「そりゃそうでございましょう。店の中でございますよ。奉公人もいれば、出入りの業者もいたのです。そこで無様《ぶざま》な姿は見せられないでしょう」

「無様な、な……おまえにとっては何が無様なのだ？」

「はあ？」

「俺は人として道を外れたことをやることが、一番無様だと思っている」

と逸馬はじっと視線を離さずに、「たとえば、談合もそうであろう。おまえは、こう言うかもしれぬ。談合をしたからといって、誰に迷惑をかけた。むしろ、多くの商家と奉公人、その女房子供のためになっているではないか。仕事をあぶれさせないようにできているではないか。それの何処が悪いのだ、とな」

「…………」

「だが、これはまず寛文の談合禁止令を出すまでもなく、幕法では禁じられていることなのだ。だから、してはならぬのだ」

「…………」

「それともうひとつは、人倫にもとる所行はするなということだ。ま、俺だって大した人間じゃねえがな。てめえが疚しいと思うことはしちゃならないんだ」

「疚しい？」

「ああ。おまえは、疚しいことをしているとは思わないのか」

「お畏れながら、まったく……いえ、むしろ世のため人のためと思っております」

「ほう。賂《まいない》を渡したり、公金横領の手伝いをすることで、安普請で出来上がった橋や堂舎が倒壊する危機があり、それが何の罪もない人々の命を脅かすことがあったとしてもか」

「…………」

「普請奉行、作事奉行、小普請奉行という普請〝三奉行〟が結託すれば、幾らでも誤魔化しがきくのが、公儀の普請だ。その不正を、現場のおまえたちが見過ごすとなれば、それこそ不正の温床にはならぬか」

「お上の思惑など知りませぬ。私たちは、入れ札によって決められた範疇で、やるべきことをやるだけですから」

「俺は門外漢だが、梁や棟木に使う〝野物《のもの》〟と呼ばれる材木は、人の目に見えぬところだからこそ、芯のしっかりとした百年も二百年も持つものを使うのではないか？」

「はい……」

「ならば、人も同じ。壁に使う〝造作《ぞうさく》〟のような柔な化粧材ではなく、外から見えぬ心にこそ、立派な材木を組み込んでおくべきではないのか？」

逸馬がじっと見据えたまま、揺るぎのない瞳を向けているので、尚右衛門は思わず目を逸らした。しばらく目を閉じていたが、再び、逸馬を見上げると、

「さすがは、〝梟《ふくろう》〟与力と渾名《あだな》されている吟味方だけありますね。お若いのに、おっしゃることが当を得ております」

「皮肉か」

「いいえ。本心でございます。しかし、今、私に言われたのと同じことを、先程の普請〝三奉行〟に対して言えますか？　勘定奉行様にも言えますか？　ご老中様にはどうですか？」

「……何が言いたい」

「所詮は、蟷螂《とうろう》の斧ということです」

尚右衛門は自嘲気味に微笑みをたたえてから、もう一度、逸馬に向き直った。

「話を戻しましょう、藤堂様。何故私に、小松屋さん殺しの嫌疑がかかったのでございますか」

「簡単なことだ」

「…………」

「おまえに頼まれて殺したと申し出て来た者がおる」

「なんですって!?」

「両国橋広小路辺りを根城にしている、遊び人の雉平《きじへい》というケチなやろうだ……おまえに頼まれたとな」

逸馬はわずかに動揺している尚右衛門を睨みつけて続けた。

「だから、その雉平は頼まれただけだから、正直に話したことで、罪一等減じるかもしれぬ」

「知りません……私は、小松屋さんを殺せと頼んだことなどありません」

「雉平の証言を覆すことができるか？」

「私はまた陥《おとしい》れられたか……」

曇った顔になった尚右衛門は、もう一度、目を閉じて、何やらぶつぶつ呟いていたが、観念をしたように顔を上げて、

「では、私も申し上げます、藤堂様」

「うむ。正直に話せ」

「私はたしかに、小松屋清八を殺しました」

「なんと……」

「ですが、雉平という輩は知りませぬ。私がこの手で殺したのです」

逸馬は俄《にわか》には信じられなかった。根拠はない。だが、とっさに尚右衛門は嘘をついたと、感じたのである。

「ほう。殺したのか、その手で……」

「ですが、私もまた頼まれたからでございます」

「誰にだ」

「それは今は言えません」

「なんだと？」

「藤堂様。私は逃げも隠れも致しません。ですが、すべてを話しますから、三日だけ……いいえ一日だけでいい。時をくださいませぬか」

「時を？」

「はい。処刑になるのは怖くありません。その前に必ず真実を話します」

「…………」

「ときに、藤堂様……あなたは幾ら金を積まれれば、考えを変えますか？　あるいは良心を売りますか？」

「良心を売る？」

「後でお屋敷の方へ、千両箱をお届けします。どうか、それが私の一日の〝解き放ち料〟とお思いください。もちろん、同心でも岡っ引でも、いいえ、藤堂様ご自身が私に張りついていて結構でございます……如何《いかが》でございましょう」

この男は往生際悪く、逃げようとしているのではない。何か別の考えがあるのだと逸馬は確信した。何も言わずにじっと尚右衛門を見つめ返して、

「何をする気だ。女房子供を棄てたのは、もしや、累《るい》を及ぼさないためか」

と逸馬は問いかけた。

一瞬、心の隙間を見られたと思ったのか、尚右衛門は強張った表情になったが、あえて何も言わず、じっと見上げているだけだった。

「罪人になる覚悟をしてまで、何をするつもりだ。本音を申せ」

「後もう少しなのでございます」

「何がもう少しなのだ」

「今は申せません。どうか千両で……千両で手を打ってくださいませんか」

何故に千両に拘るのかも、逸馬は気になった。

――もしや、この手練《てだれ》の商人に、いいようにあしらわれているのかもしれぬ。

とも感じたが、しばし沈黙を続けてから、逸馬はこくりと頷いた。

「その千両……戴いてから、考えよう」

控えていた健吾が思わず奇声を洩らして腰を上げたが、逸馬は平然と千両寄こせと、まるで賂《まいない》を要求するように言い放った。

七

「なに、証が不十分で、尚右衛門が解き放たれただと?」

平伏している鶴田屋の前で、長野は顰《しか》め面《つら》をして立っていた。

番町にある長野の屋敷には、色づきはじめた一本の楓があって、赤く染まっていた。中庭の水際に生えている紅葉に目を移した長野は呟いた。

「何かあるな……」

鶴田屋も同じ思いなのかこくりと頷いて、不安げな目を向けた。

「やはり、橋本屋は私を追い落として、肝煎になるつもりでありましょうか」

「え、うむ……」

長野は曖昧に返事をした。肝煎を約束したのは自分であるが、そのことを鶴田屋に気取られては困るという配慮が働いたのだ。長野とて所詮は作事奉行に過ぎない。普請請負問屋の結束の強さに比べれば、脆弱《ぜいじゃく》なひとりの役人に過ぎぬ。

――お奉行様も、その地位にいるうちに、せいぜい贅沢をなさいませ。

というのが、〝談合〟一味の趣旨である。その代わり、幕閣には上手く立ち回って、できるだけ沢山の普請を取って来て、鶴田屋たち普請請負問屋に投げる。それが則ち、作事奉行である間の長野の務めであった。

「そうでございましょう、長野様。よもや私を裏切ることなどなさいませんでしょうな」

と鶴田屋は意味ありげに目を細めた。

「何故、さようなことを言う」

「私たち〝啄木鳥の会〟は幕府開闢《かいびゃく》以来、代々続いている堅牢なものだということを、よくご存じでしょう?」

「ああ……」

「ならば、新参者の橋本屋などに媚びるようなことをしない方が、長野様の御身のためでもございますよ」

「なんだと?」

「思い通りになる橋本屋に擦り寄って、私を何処かへ追いやろうとしても、他の問屋たちが言うことをききますかねえ」

まるで長野が尚右衛門に肝煎を約束したことを、聞いていたかのような言い草だった。

「ねえ、御前様。勘違いしては困りますよ。我ひとりが偉いなどと思い上がったりすれば、いけません」

「わ、分かっておる……」

「だから、橋本屋は、小松屋殺しとして処刑して貰おうと思ったのですがね」

底意地の悪そうな目を向けると、長野は衝撃を隠せず、

「やはり、おまえが仕組んだことなのか」

「そりゃそうでしょう。御前様が余計な知恵を奴につけようとなさるからです。よい

ですか、橋本屋には油断してはなりませんよ。あいつは何を考えているか分からないところがあります」

「というと？」

「忘れたのですか、御前様。あいつは我々を裏切ろうとした小松屋を、親と慕っていた奴なのですよ」

「だが、奴は小松屋の方を裏切った。そして、我らに与したではないか」

「そこが気になるのです」

「何を今更……もう二年も前のことではないか。おまえは何を疑っておるのだ。ただの嫉妬ではないのか」

「いいえ。あいつは私たちとの会合の一切合切を書き留めております。そして、世話役になってからは、談合の細かな仕組みや配分までが、奴の手によって運用されております。ということは……もし、あいつが裏切って、世間にばらすことがあれば、御前様、あなたも引きずり出されることになるのですよ」

長野は黙って聞いていたが、すぐには納得できなかった。尚右衛門に裏切られるというのは、鶴田屋の妄想に過ぎないと感じた。

「さようなことをするものか。もしすれば、尚右衛門自身の首が刎《は》ねられる」

「もし、それが狙いだとすれば……？」

「まさか……それに、奴が何を喋ろうと証はない。儂たち三人がお互いに握っている例のものが表沙汰にならぬ限り、知らぬ存ぜぬを押し通せるというもの。恐れるに足らぬ」

「だといいのですが……」

その時、家臣の声があって障子戸が開くと、尚右衛門が案内されて来ていた。少し青ざめた顔で、何処となく落ち着きがなかった。

「これは……鶴田屋さんもおられたのですか」

「いては困るのですかな？」

「いいえ。ご同席くださった方が話が早い」

傍らの火鉢にかけられていた鉄瓶の白湯《さゆ》を飲んで、尚右衛門は一息ついた。何の話かとじっと見ている長野と鶴田屋に向き直ると、

「小松屋殺しの嫌疑で町方に捕らえられたのは勿怪《もっけ》の幸い。北町の狙いが手に取るように分かりました」

「手の内……？」

長野が用心深そうに見るのへ、尚右衛門は切羽詰まったような顔つきで、

「はい、御前様。北町といえば遠山様でございます。不正は断固許さず、江戸町民のためなら一肌も二肌も脱ぐという、ちょっと面倒なお奉行ですから……今般の私の捕縛も別の狙いがあるのは見え見えでした」

「別の狙い？」

「談合についてのことです。小松屋さんを殺した雉平なる遊び人のことは、本当に私は何も知りません。殺したのも私ではありませんし……」

と一瞬だけ鶴田屋を見てから、「ですが、北町の与力は、小松屋さんが殺された理由を知りたそうでした。ただの辻斬りや追い剝ぎの類いではなく、〝談合〟を隠蔽するために殺されたことをつかみたい様子でした」

「で、おまえはどう答えたのだ」

「残念ながら、私は新参者。〝啄木鳥の会〟のこともよく知りませんからと、一言も話しませんでした。もちろん、話せば私も危ういですからね。ですが、御前様……」

尚右衛門はわずかに声を落として、「少なくとも北町は、御前様の身辺を探っている様子があります。もちろん、鶴田屋さん、あなたの身の周りもね」

恩着せがましく言う尚右衛門を、鶴田屋は憤りを含んだ目つきになって、

「本当かね。あんたの思い込みではありますまいな」

「北町は本気です。でなければ、二年も前の殺しを今更、探索し直したりするものですか。雉平という下手人が、私に頼まれたと嘘をついたのは気になりますが……それも、藤堂という吟味方与力が裏取り引きしたからかもしれません。この与力も曲者《くせもの》らしいですからね」

「ですが、橋本屋さん。あなたは、どうして解き放たれたのです？」

鶴田屋には、それが最も不思議に感じたことのようだった。

「簡単なことです……与力といえども人の子。千両積んだら、目をつむりました」

「千両!?」

驚いたのは長野の方だった。

「はい。それくらいの金は、御前様のお陰でうちの蔵にもありますからね」

尚右衛門は暴悪な憎悪の念が湧き起こったような顔つきになって、「清廉潔白だという吟味方与力ですら、小判の輝きには目がくらむということです。裁く側がそうなのですからねえ。あの与力はもう何も言いますまい」

「うむ。利口に立ち回ったようだな」

と長野はしたり顔になったが、鶴田屋は逆に不安の気に襲われて訝りはじめた。

「その千両……渡したのはまずかったかもしれませんぞ、橋本屋さん」

「何故でございます」

「賂《まいない》を渡せば済むという、こっちの体質を知りたかったのかもしれません。藤堂という与力は、裏の裏をかくという噂の持ち主。何かの罠《わな》かも……」

「罠ならば、鶴田屋さん。あなたの十八番《おはこ》ではございませんか」

「なんですと」

「事実、雉平にお畏れながらと北町まで赴かせて、わざわざ小松屋さん殺しは、この私めがやらせたことだと証言させた。大きな賭けをしたものですな」

「知りませんな」

「惚《とぼ》けても、雉平がそのうち本当のことを話すでしょう。誰だって三尺高い所に晒されたくはありませんからな」

一瞬、身を引いた鶴田屋に、尚右衛門はここぞとばかりに、腹の据わった声で、

「嘗《な》めなさんなよ。こっちが下手に出て、あなたを持ち上げてるのは、〝啄木鳥の会〟の面々と、長野様が背後にいるからこそだ」

「橋本屋、貴様……恩を仇で返すのか」

「恩ですか？　ふはは。あなたから、そんな言葉を聞こうとはねえ。裏切りに裏切りを重ねて、甘い汁を吸ってきたのは何処のどなたでしたっけねえ。ええ、あなたから

教わったのは、恩人だろうが親だろうが人と思うな。切り捨てろってことですよ。ハハハ」

尚右衛門は大笑いをして、長野の横に行って当然のように座った。

「御前様。この人こそ、いつ裏切るか分かりませんよ」

長野は、先程も鶴田屋に恫喝《どうかつ》されたことを思い出した。

「今のうちに、この人に預けている裏帳簿や念書を取り戻しておいた方が、長野様……御前様の身のためだと思いますがねえ」

悪ぶった尚右衛門の本音が何処にあるのか、長野にも鶴田屋にも分からなかった。

「でも、私を殺すのだけはやめた方がよろしいですよ……解き放たれたとはいえ、同心や岡っ引がまだ張りついてますから。よほど上手くやらないと、それこそ獄門台ですよ」

尚右衛門の豹変で、長野と鶴田屋はお互いに猜疑心を抱いたようだった。それこそが尚右衛門の狙いであったが、今はまだ、二人の顔をおかしそうに見比べているだけであった。

八

八丁堀の屋敷に帰って来た逸馬を、信三郎が迎えたのは、同じ夜の遅くのことだった。月はすっかり西に傾き、くっきりと星が燦《きら》めいている空には、闇の中を季節外れの蝙蝠《こうもり》が飛んでいた。

「すまんな。勝手に入っておった」

信三郎はいつものように、薄暗い行灯あかりの中で、徳利酒をちびちびやっていた。傍らには、デンと千両箱が置かれてあって、その上に肘をつきながら、

「原田健吾から聞いたぞ、大将。この千両、賂《まいない》で貰ったんだってな」

冷ややかだが、すぐにでも爆発しそうな目つきである。逸馬は小さく溜息をついたが、虫の音に掻き消された。それでも、

「この辺りは、昔はもっと虫の鳴き声がしてたが、近頃は少なくなったような気がしないか」

と逸馬が言うと、信三郎は鼻白んだ顔つきになって、

「それは、おまえの心が曇ったからじゃないか？」

「どういうことだ」

「言わなくても分かるだろうが」

ポンと千両箱を叩いて、「まあ、おまえのことだから、本当に賂《まいない》を要求したとは思えぬが、もし、本当に金に目がくらんだとしたら……」

睨みつける信三郎に、逸馬も一瞬だけ真顔に戻って、

「斬る、か」

信三郎は左膝の横に置いてある刀を握り締めて、

「さもありなん」

「勘弁しろ。おまえが本気を出せば、俺なんざ歯が立たぬ。所詮は町人剣法だからな」

と逸馬も座り込んで、徳利酒をついだ。信三郎はいつもの脳天気な相棒をじっと見据えたまま、

「……訳はどうであれ、普請請負問屋から賂を貰ったのはまずいな」

「さあ、どうしたものか。本当は俺も少々困ってるんだが、今は事の推移を見守ってるというところだ」

「甘いな、大将。奴ら、次はどんな手で、おまえを籠絡してくるか……いや、罠を仕

掛けてくるか分からないぞ」

「俺には何もする気はねえだろうよ、尚右衛門は」

「だが、その後ろにいる奴らが……」

「まあ待て、信三郎。そもそも、尚右衛門が不正をするような人間じゃねえと言ったのはおまえだぞ」

「ああ。だから、どうして変わったのか気になっていたんだ」

「いや……変わってねえのかもしれんぞ」

「え？」

徳利を持ったまま、驚いて座り直す信三郎に、逸馬は詮議所で取り調べたときの尚右衛門の様子をつぶさに話した。内容もそうだが、瞼《まぶた》の裏に残っている表情のひとつひとつと、言葉を再現して見せた。

「俺はな、信三郎。おまえの言うとおり、尚右衛門は、小松屋と同じまっとうな心の持ち主じゃねえかと睨んでる。奴は、殺しの下手人として捕らえられたが、そんなことはまるで関わりねえって顔だった」

「関わりねえ……そりゃ、そうだろう。尚右衛門がやったわけじゃないからな」

「そういう意味ではなくて、『人殺しの汚名を着たまま死んでもいい』という意気込みが奴の中にはあったんだ」

「あえて汚名を着て……」

「つまり、そこまでしてでも、別の狙いがあるということだ。奴が命をかけても、やらなきゃならないことがだ」

逸馬が睨むように言うと、信三郎はハッと目を燦めかせて、

「まさか、それは……」

「ああ。尚右衛門は、〝啄木鳥の会〟を潰し、その後ろ盾になっている作事奉行……いや、もっと後ろにいる者も燻《いぶ》り出す気かもしれねえな。そのために、自分を殺し、作事奉行や鶴田屋に取り入って……自分自身が、〝談合〟の真っ直中に入ったんじゃねえかな」

「…………」

「まさに捨て身だ。だからこそ、周りには累が及ばぬようにと、女房子供とは別れ、奉公人もできるだけ数を減らした……後で、番頭に聞いた話だが、『橋本屋』は近いうちに闕所《けっしょ》になるかもしれぬから、他の奉公先を探しておけと尚右衛門は命じているそうだ」

逸馬はしみじみと語ってから、信三郎に酒をついで、

「あの時の……おまえの親父さんじゃねえかな」

「………」

「そんな気がしたんだ」

信三郎の父親もまた幕府の御家人、つまり下級役人だった。武田徳之介という、どちらかというと風采のあがらぬ勘定奉行勝手方の支配勘定だった。役高は百俵、勘定組頭の下の民政や財務を取り扱う役職で、九十人ほどいた。

徳之介は大手門を入った所にある下御勘定所に詰めて、主に冥加金や運上金、将軍家や寺社関係の雑務や経理処理をする〝伺方《うかがいかた》〟として勤めていた。武家社会では、

――算勘卑しむべきもの。

と金銭を扱う勝手方のことを蔑《さげす》む風潮があったが、徳之介は一向に気にすることはなく、毎日潑剌《はつらつ》と出仕していた。出世は望めない。なかには、勘定に登る者もいたが、せいぜいが勘定次席で、徳之介の場合は、支配勘定がいわゆる〝上がり〟であった。

ある日、信三郎が寺子屋から帰ると、拝領屋敷の前に人だかりができて、騒々しいことになっていた。縄をかけられた父親が、引っ張って行かれる姿を目の当たりにした信三郎は愕然となった。

父親は一瞬、信三郎と目が合ったが、首を静かに横に振って、

「大事ない。おまえは武田家の嫡男だ。母上をしかと頼んだぞ」

と言っただけで連れ去られた。捕縛はされていたが、その威風堂々とした姿を、信三郎は今でも忘れない。

だが、勘定奉行に取り調べられたその翌日、徳之介は切腹を命じられ、一言の弁明もせず、見事、割腹した。

まだ十歳くらいの信三郎には実感がなかったが、突然、父親がいなくなった寂寞の念は何日経っても払拭できなかった。ただ、母親の香澄《かすみ》だけは、気丈に明るくふるまっていた。

徳之介の罪は、公金の横領であった。勝手方にあって、〝伺方〟という直に金銭を扱う部署ゆえに、何が原因か知らぬがたがが外れて、江戸町人からの冥加金などの一部を私腹したということだった。しかし、徳之介は盆栽以外にこれといった趣味もなく、酒もやらなければ博打もやらず、女遊びもしないという、真面目が着物を着ているような男だった。

にも拘わらず、そのような嫌疑を受けるだけでも、役人としては不徳と致すところだと自らを戒《いまし》めるように言って、立派な最期を遂げたという。

その真相は分からない。長年世話になった恩人の上役を庇ったのだとも、意地悪な勘定組頭にはめられたことだとも言われた。しかし、噂というものは日にちが経てば、

「信三郎の親父は、公儀の金をこっそり懐に入れて、切腹させられたんだよな」

という事実だけが残る。たとえ、それが真実かどうかは分からなくてもだ。

だから、信三郎は、同じ寺子屋『一風堂』の友だちにも、〝ネコババ役人〟という汚名を着せられて、ずいぶんと苛《いじ》められた。仙人は、

――それもまた人生。

とあえて黙って見守っていたようだが、大将こと逸馬は、口汚く罵《ののし》る奴をぶっとばして廻った。万が一、信三郎の父親が横領をしていたとしても、信三郎が何か悪いことをしたわけではないからだ。

信三郎を庇えば庇うほど、逸馬も立場が悪くなったが、当時はまだ町名主の息子である。雑草のような町人の強さがあって、

「文句のある奴は俺の所に来い！」

と常に庇った。

そんな二人の間に友情が芽生えるのに、時はかからなかった。

幼い頃から、剣術だけは得意だった信三郎は、喧嘩は強いが〝無手勝流〟の逸馬を道場に誘って、本格的に剣術を学ばせた。毎日の稽古が、益々二人の絆を強くした。逸馬も性に合っていたのであろう。稽古が辛いなどと思ったことはない。毎日が、楽しくて楽しくて仕方がなかった。

まだ十五、六の二人が、道場の竜虎と呼ばれるようになった頃には、〝ネコババ役人〟の子だとからかう者は誰もいなくなっていた。

しかし、信三郎の心の奥には拭い切れない靄《もや》があって、

「親父が切腹した本当の理由は何なのだ」

という思いがあった。

「だからだよ、信三郎……」

「ん？」

「尚右衛門が同じかどうかは分からんが、誰かのために、あえて汚名を着ている。そんな気がするんだ」

「……………」

「そこを見極めねえと、俺たちは本当の役人とは言えめえよ」

信三郎は逸馬の言わんとすることを胸の内に受け止めた。そして、もう一度、バン

と千両箱を叩くと、杯を飲み干した。

「しかし、これがな……」

と何気なく開けた千両箱の中身は、二十五両ずつきちんと紙に包まれて封印されたものであった。

「金は大事だ。しかし、こんなもののために、人は心が鬼とも夜叉ともなるんだな」

信三郎がさりげなく切餅小判をつかんで眺めると、その底に何やら書かれている、紋様のような文字に逸馬は気づいた。

「？……これは、梵字《ぼんじ》のようだな」

「梵字？」

「光明真言など密教で使われる文字だ」

逸馬が他の切餅もつかんでひっくり返してみると、それぞれに見慣れぬ文字が複雑に書かれてある。その奇妙な文字を眺めては、

――何か曰くありげだな。

と、二人はまじまじと顔を見合わせた。

九

普請請負問屋の面々が、料亭『百膳』に一堂に会したのは、それから数日後のことだった。鶴田屋の姿はなく、肝煎の席には尚右衛門が座しており、牡蠣《かき》の土手鍋を囲んで楽しんでいた。

遅れて来た長野の姿を見ると、問屋の主人たちは一様に緊張の面持ちになって、それまで崩していた膝を調えた。尚右衛門が深々と一礼をして、上座に長野を据えると、おもむろに口を開いた。

「今宵の集まりは私の肝煎就任祝いの宴ではありません」

言った途端、席がざわついたが、長野が制すると、水を打ったように静かになった。長野に杯を渡して、駆けつけ三杯とばかりに酒をついだ。そして、

「皆さんもご存じのとおり、今日は二年前に亡くなった、小松屋清八さんの命日です」

と尚右衛門が淡々と話しはじめると、長野は一瞬、何を言い出すのだという顔になったが、黙って聞いていた。

「小松屋さんは愚かなことに、私たち〝啄木鳥の会〟のやり方がおかしいと盾をついたがために、不遇の死を遂げました。先日、小松屋さんを刺し殺したと、雉平という遊び人が名乗り出てきて、私が命じたことだと北町与力に証言したそうですが、後の調べで、それは大間違い……」

しんとして微動だにしない雰囲気が続く中で、尚右衛門は続けた。

「たしかに小松屋さんは、長年続いている〝啄木鳥の会〟のやり方に疑念を抱いて、糺《ただ》そうとしたようですが、鶴田屋さんの逆鱗《げきりん》に触れて、排斥されたわけです……小松屋さんもそれが嫌なら、この会から離れて自分で商いをすればよいものを、中から変えようなどという無謀な挙に出たがために、その杭を打たれた……どころか引っこ抜かれたのです」

長野の表情が少し硬くなったが、まだ何も言わなかった。わずかに出来た沈黙の間に、鍋の煮詰まる音がふつふつとしていた。

「それにしても、鶴田屋さんのようなやり方はいけません。不都合な人物を消すなどという非道は断じて許されることではありません。それは人殺しです。ですから、町奉行所がきちんと調べて、それに相応しい罰を科してくれることでしょう」

尚右衛門は唇を湿らせるように一口だけ酒を嘗めると、懐から一葉の紙切れを出して、集まっている一同に見せた。そこには『下』という文字があり、勘定吟味方改役の毛利源之丞八助が署名をしている文書であった。

それには、さしもの長野も吃驚《びっくり》したようで、思わず声をあげた。

「どういうことだ、橋本屋ッ」

「まあ、お聞きください、長野様。勘定吟味役の美濃部様は、私たちの談合に薄々勘づいていて、改方などに調べさせていたようです。このままでは、作事奉行の長野様だけではなく、普請奉行……いや勘定奉行の跡部様にもご迷惑がかかります。ですから……」

「…………」

横で睨みつけている長野を振り返って、尚右衛門は毅然《きぜん》と言った。

「本日これより、〝啄木鳥の会〟を解散致します」

「なんだと!? 貴様！ そんな勝手が許されると思うのか！」

腰を半分ほど浮かせたまま、長野は声を荒らげたが、尚右衛門は平然と返した。

「肝煎は代々、この会の一切を取り仕切る権限があるはずですが？ だからこそ、あの折……小松屋さんが反旗を翻《ひるがえ》したときも、鶴田屋さんの、まさに鶴の一声で亡き者にしたのではありませんか？」

尚右衛門は仇討ちめいた感情が、ふつふつと湧いてきたのか、声を震わせて、「小松屋さんを殺せと命じたのは鶴田屋さんでしょう。しかし、それを黙って見ていたあなた方も同じ罪なのですよ。鶴田屋と一緒に、獄門台に晒されなきゃならないんだ！　そうさせたくないから、この会をなくそうと言ってる俺の情けが分からんのか！」

「黙れ黙れ、橋本屋！」

長野は立ち上がると、尚右衛門の肩をつかんで声を荒らげた。

「そうか、そういうことか……貴様、小松屋の怨みを晴らさんがため、この二年、儂の機嫌を取って、金魚の糞を押し通したのだな、そして肝煎の座を……よくもたばかってくれたな」

と長野は問屋たち一同に険しい目つきで向き直って、「よいか、皆の者。こやつの戯《ざ》れ言《ごと》など聞くに及ばぬッ。これからのことは、この儂が仕切る！　おまえたちには、これまで以上に楽をさせてやるゆえ、こやつの妄言《もうげん》など相手にするな！」

「…………」

「分かったな！」

長野が大声を張り上げたとき、末席からくすくすと笑い声が洩れ聞こえた。

「何がおかしいのだ……」

「これが笑わずにいられるかってんだ。畏れ入ったぜ、長野の穀潰しさんよ」

と立ち上がったのは逸馬だった。その反対側にいた信三郎も立ち上がった。二人とも、町人風の姿で羽織を着ている。

「なんだ、貴様らは」

逸馬と信三郎は己の身分と名前を名乗ってから、

「これからは俺が仕切るって？〝談合〟をやってたことを認めるわけだな」

と声を揃えて言った。

「こわっぱ役人が何をほざくか」

「おいおい。よくみんなの顔を見ろよ」

と逸馬は土手鍋を食べている連中を指した。色々な年齢の商家の主人風が並んでいるが、いずれも薄笑いを浮かべて長野を見上げていた。

「こいつらはよ、みんな俺たちが世話になった寺子屋『一風堂』の仲間や先輩方だ。普請請負問屋も一人いるにはいるが、〝啄木鳥の会〟の者じゃねえし、他も仙人の薫陶を受けたまっとうな商人たちだけだ」

「……！」

「偉いお役人さんだから、一々、顔も覚えてないのかい。っていうか、てめえは金しか興味がないから、面倒なことはぜんぶ鶴田屋なんかに投げてたんだろう？」

「ええい。黙れ、黙れ！　何の茶番じゃ！」

長野は乱暴に尚右衛門を引き倒すと、傍らの刀をつかんで振り上げた。次の瞬間、素早く駆け寄った信三郎が、相手が抜く前に鞘ごとの刀でガツンと打ち落とした。さらに、鳩尾《みぞおち》を鋭くついた。

愕然と腰を落とした長野は、それでも無様にあらがおうとしたが、信三郎が腕をねじ上げて、頭を押さえつけた。

「てめえのような奴がいるから、何の関わりもねえ者が死ぬハメになるんだッ。貴様みたいなやろうが、親父を殺したんだ！」

バシッと扇子を額に打ちつけて、さらに押さえ込んだところへ、八助が乗り込んで来て、長野の前に立った。

「さあ。詳しいことは勘定吟味役の美濃部様がお聞き致します。これだけのこと、あなた一人ではできますまい。あなたの後ろ盾になっている御仁のことを話せば、評定所での裁決でも心証がよくなりましょう」

「おのれ……」

「それとも庇い続けますか？」

八助がそう言うと、逸馬が割って入って、

「おいおい。まずは殺しの一件からだ。ここは町方が預かるぞ」

「ばかを言うな。長野様は仮にも御旗本、町方の手には渡せぬ」

「堅いことを言うな、パチ助」

「ここで、そんな呼び方をするな！」

「だって、パチ助はパチ助じゃねえか、なあ」

と商人たちにふると、みんなはドッと笑い声をあげた。鍋の湯気のように実に温かいものであった。

その後――。
長野は見返りを求めて、〝啄木鳥の会〟に公儀普請についての情報を流し、不正をもって入れ札で落とす問屋を特定し、〝談合〟を繰り返していたことを認めた。評定所預かりになってからは、数日の審議を経て、長野は切腹の上、御家取り潰しとなり、鶴田屋をはじめ幾つかの普請問屋も闕所《けっしょ》となった。もちろん、橋本屋も同じ処分を下された。たとえ、真相を暴くためとはいえ、尚右衛門も〝談合〟に荷担してきたことは、紛れもない事実だからである。

　――毒には毒をもって、か。いや、花は散ってこそ、命を咲かせたのかもしれんな。

　これで、娘のおかよも父親の墓前に、

「尚右衛門さんは、本当は裏切り者なんかじゃなかったよ」

　と報せることができようというものだが、これですべて片がついたわけではない。

〝決済判〟を押す立場の勘定奉行が結託していなければ、容易に不正を実行できるはずがないが、そこまでは追いつめることができなかった。やはり、老中の実弟が勘定奉行の職にあるということが、大きな壁になったようだ。

　とまれ、八助は大きな魚を釣り上げたのだから、しばらくは職を移される気配はない。

「どうだ、信三郎。今日は『佐和膳《さわぜん》』に、女将を口説きにでも行くか」

「飲みに行くのはいいが、年増《としま》は遠慮する」

「なんだ？　おまえ、まさか茜みたいなジャリ娘が好きなんじゃあるまいな」

「うるせえ！」

「あ、図星か？」

「ばか。だから、てめえは野暮天って言われるんだよ」

お互いに罵りあいながらも、子供の頃のように肩を組んで、人混みにまぎれた。
真っ赤な夕焼け空が、江戸の町通りを爽やかに染めていた。

第二話　忍冬《すいかずら》

一

　このお白洲での真琴の頑張りようは、何かに取り憑かれたように異様だった。壇上の北町奉行遠山左衛門尉《さえもんのじょう》ですら、驚きを隠せないほどの新たな証《あかし》を出し続け、一度は〝有罪〟と決まりかかっていた男を、〝無罪〟という判決に逆転させたのだ。

　そのお白洲は、逸馬も予審を受け持った吟味方与力として出席していた。

　下手人《げしゅにん》の疑いのある男は殊勝な顔で終始俯《うつむ》いたままだったが、いわゆる江戸時代の弁護士といわれる公事師の真琴が、すべてを代弁したのである。

　事の発端は、一人の町娘が、藤吉《とうきち》という薬種問屋の手代に手籠めにされた上に殺された、という事件だった。

犠牲になったのは、おきわという可憐な娘で、上野広小路にある茶店で働いていた。美形というわけではないが、笑顔に愛嬌があって、近所の大店の手代や丁稚《でっち》のみならず、町内の火消しや大工や職人たちにも可愛がられていた。

そんな娘が、ある日、不忍池《しのばずのいけ》の畔《ほとり》で無惨な死体となって見つかった。帯は刃物のようなもので切り裂かれ、着物の裾は乱暴された痕跡が露わなほどに激しく乱れ、哀れなことに頭を石で殴られて殺されていた。凶器となった、血のついた拳大《こぶしだい》の石は、遺体の側にこれ見よがしに棄てられてあった。

すぐさま北町奉行所による探索が始まり、おきわの身辺や付近の怪しい者の洗い出しや、事件を見た者がいないか徹底して調べられた。そんな中で浮かび上がったのが、上野広小路にある薬種問屋『越中屋《えっちゅうや》』の手代、藤吉だったのだ。年は二十三になっているが、この店に奉公を始めたのは、わずか一年ほど前のことで、それまでは上州の高崎にある絹問屋に勤めていたという。

普段から目立たないおとなしい男だが、奉公ぶりは極めて真面目でソツがなかった。主人の遠縁にあたる者だから、番頭や手代頭などは少しは気を使っていたようだし、これといって悪い点はなかった。ましてや、凶暴なことをするような人間でもない。

「これは何かの間違いでございます。藤吉に限って、そのような恐ろしいことをするはずはありません」

と『越中屋』の主人、鈴兵衛《すずべえ》が奉行所に嘆願書を出していたほどだ。

しかし、奉行所の調べでは、藤吉がおきわを頻繁に訪ねていたこと、事件当夜、二人が不忍池辺りを散策していたのを、顔見知りの別の店の手代が見かけていたこと、藤吉が何度かおきわに言い寄っていたのを見られていたことなどから、

――つきあいを断られて、カッとなって殺したに違いない。

と、取り調べた定町廻り同心の原田健吾は判断し、自身番に引っ張って来て、筆頭同心と一緒に取り調べたところ、

「たしかに私がやりました。おきわとは夫婦になろうと約束をしていたのですが、他に惚れた男ができたと言われ、カッとなって押し倒した後で、近くにあった石で殴りつけました」

そう自白したのである。吟味方与力の逸馬の所へ送られてきたときも、同じような話をして、すべてを認めた。

藤吉とおきわの二人は、生まれ故郷が隣の村同士だということで、急激に親しさを増したという。

おきわは小町娘と呼ばれるほど人気のあった茶屋娘だから、言い寄ってくる男たちは沢山いた。だが、藤吉との純なつきあいは、傍《はた》から見ても微笑ましいほどだったという。つまり周りの者たちも、二人が惚れ合っている仲だということは承知していたのだ。

「ならば、何故恋しい女を石で殴るなどという残忍なことをしたのだ」

と逸馬は何度も繰り返し聞いたが、その時の気持ちはハッキリ分からないとしか答えなかった。頭に血が上《のぼ》って思わず手が出るということは、よくあることだ。逸馬はそんな男たちを何人も見てきた。だが、その者たちに共通しているのは、

――本当に申し訳ないことをした。

と後になってシュンとなる姿だった。ところが、藤吉にはあまり反省の色は見えなかった。むしろ、ばれてしまったことを悔やんでいるという態度だった。

逸馬はそのことが心の奥に引っかかっていたが、つまりは自分勝手な奴であろうと感じていた。普段おとなしい者が、ちょっとしたことがきっかけで凶暴になることもままある。しかも、そういう輩《やから》に限って弱い者に手を出すと決まっている。藤吉も性根はそのような奴であろうと、逸馬は思っていた。

それが、お白洲の本格的な取り調べに臨んで、

——すべては与力や同心が怖くて、思わずついてしまった嘘だ。吐かなければ、その場で殺されると思った。自白は出鱈目だ。

と藤吉はころりと前言を翻《ひるがえ》したのである。まあ、このような状況もよくあることだ。自白したものの、現実に処刑をされるという恐怖が芽生えたときに、何とか助かりたいと思うのは人情である。だから、やっていないと必死に言い張るのである。

殺しの証さえ揃っていれば、戯《ざ》れ言《ごと》として一蹴されるところだが、無実であるという新たな証言や証が出てくれば、吟味自体を見直さなければならない。真琴はそこに鋭く突っ込んできたのである。つまり、無実だと断言するのでなく、

——もう一度、初めから調べ直せ。

と追及したのだ。真琴が用意した証とは、殺しの刻限には、別の所にいたという証言だった。

実は、両国橋西詰の『笹谷《ささたに》』という矢場《やば》で遊んでいたというのだ。矢場の女将が自らお白洲に出て来て証言した。

赤の他人のために嘘をつくとは思えない。しかも、お白洲で偽証をすると下手をすれば死罪である。そこまでして、ただの客に過ぎない藤吉を庇《かば》うこともないだろう。他にも矢場女や客の証言もあるから、信憑《しんぴょう》性はかなり高かった。

さらに、定町廻り同心らが調べたときには、不忍池辺りで藤吉を見かけたという証人の言葉にも、曖昧さが出てきた。

薄暗い中ではっきり顔が見えたかどうか分からないはずだと、真琴は主張したのだ。おきわが不忍池にいたことは、言葉を交わした者がいるからたしかである。だが、一緒にいた相手が、藤吉だったかどうかということは、少し離れていたこともあって、断定はできなかった。

そして、真琴は凶器とされた石についても疑問を投げかけた。藤吉はどちらかといえば屈強な体格であり、おきわは小柄なひ弱そうな娘である。拳骨《げんこつ》でも相手を倒せそうだし、首だって絞められる。わざわざ重い石を拾って殴るかどうかということも、改めて問いかけた。その上で、石についていた血は、人間のものではなく、近くで死んで見つかった犬のものではないかということも言い出した。

「つまり……誰か、別の者が犬を殺した石に、たまたまおきわが倒れただけのことではないか。その証に、おきわの頭からは血があまり流れていない」

と真琴は主張したのであった。

そういう経緯《いきさつ》があって、藤吉は解き放たれて、いつものとおり、『越中屋』で働いていたのだが、一度、殺しの嫌疑を受けた者の宿命であろう、周りからは白い目で見られていた。

だが、藤吉は、

「自分がやったなどと、嘘を言ったからいけないんです。自業自得です。これからも、きちんと真面目に働けば、みんな分かってくれると思います」

と殊勝な態度で奉公を続けていた。

そんな実直な藤吉の姿を見せつけるために、真琴は逸馬を呼び出した。そして、きちんと、探索や吟味は過ちだったことを認めて謝罪しろというのである。毅然《きぜん》と詰め寄る真琴の姿勢は買うが、逸馬としては、

——最初の自白の中には、下手人しか知り得ないことがあった。

という思いがあったので、素直に謝る気など更々なかった。むしろ、真琴がはじめに言ったように、改めて探索し直すつもりである。

「私が言う初めからというのは、他に下手人がいるはずです。だから、本当の下手人を探しなさいということです」

真琴はそう言ったが、逸馬は釈然としないものを感じていた。

「その下手人しか知り得ないことというのは何ですか」

真琴が疑念を明らかにして欲しいと迫ると、逸馬は隠すべきことではないと堂々と話して聞かせた。

「銀の簪《かんざし》だよ」

「……簪？」

「ああ。奴は……藤吉は殺す直前、おきわが頭に挿していた銀の簪を抜き取って、池に放り投げた。俺にはそう証言してるんだ」

「…………」

「その簪は、一月ほど前に藤吉が、店の主人に金を前借りまでして、おきわに買ってやったものらしい。結構値の張るもので、手代の下っ端が買えるようなものじゃねえ。『俺と別れるなら、こんなもの棄ててやる』って、とっさに投げたと言ったんだ……そんなことまで、嘘で喋るかねえ」

「それは思い込みかもしれませんよ、藤堂様の」

「ん？」

「たしかに簪は不忍池の水際から、見つけ出されておりますよね。でも、その銀簪を抜いて投げたのは、その日じゃないかもしれませんよ」

「どういうことだ」

「たしかに、藤吉さんがおきわさんと不仲になったのは私も否定はしませんが、その口論をした日は、殺しがあった二、三日前のことです。私にはそう話しましたし、事実、事件のあった前日には、おきわさん、簪をなくしたって店の女の子に話してますしね」

「本当に？」

「ええ。ですから、藤吉さんは、お上の取り調べに兢々《きょうきょう》となって、色々なことがごっちゃになったんじゃありませんか？　とにかく、藤堂様……名奉行の誉れ高い遠山様も、無罪と断じたのです。素直に藤吉さんに謝っていただきたいですわね。自分たち町方の不手際だったと」

「待て、真琴さん。奉行は無罪とは断じていない。〝有罪ではない〟とおっしゃったのだ」

「同じ事です。疑わしきは罰せず。それ以上の、疑いようのない証まで出ているのですよ。自分たちの探索に非がないなどと居直るのでしたら、私、今度はあなた方の非を訴えます」

きりっと眉を吊り上げて張りのある声で言う真琴を、逸馬はまじまじと見つめると、

「いやはや……折角の美形が台無しだな」

「失礼な。あなたはそうやって、人を小馬鹿にしてるのです。何の正義漢ですか。あなたこそ、すべて、まやかしなんですね」

毅然と言い放つ真琴の言い分を聞いていたが、逸馬も少々頑固である。

「俺は自分が間違っていれば素直に謝るよ。だが、まだその段階ではない」

『越中屋』の店内で、腰を低くして接客している藤吉の姿を、逸馬は遠目に眺めていた。

二

公事宿『叶屋』は馬喰《ばくろ》町四丁目にある。

真琴は亡き父親の跡を継いで、女ひとり、気を張って公事宿を切り盛りしていた。

公事宿とは関八州などから江戸に訴訟に来た者たちを泊める旅籠《はたご》で、町奉行に対して出す訴訟書類の代筆や手続きの代行などもしており、代理人として、お白洲に出頭することもあった。

藤吉が『叶屋』に現れたのは、奉行所からお解き放ちになって、五日程してのことであった。『越中屋』主人の鈴兵衛も一緒であった。改めて、礼を言いたいとのことだった。

半纏《はんてん》と同じ朱色の暖簾を分けて入ると、店の中は土間になっていて、すぐ帳場があり、相談事をしやすいように腰掛けがあった。込み入った話になれば、人には聞かれたくないだろうから、上がった所に二つある仕切り部屋に入る。あまり声が洩れないように、襖や壁には棕櫚《しゅろ》皮などが張られていた。

「今日、お伺いしたのは他でもありません」

と鈴兵衛は深々と頭を下げてから、切餅小判をひとつ差し出した。お白洲で、無罪を勝ち取ってくれた御礼だという。公事宿は一泊二食つきで、相場は相談料こみで二百五十文くらいである。風呂は近くの湯屋を利用するし、それ以外に諸々の経費はかかるにしても、二十五両は法外である。

――国々の理屈を泊める馬喰町

という川柳があるくらい、理屈を商売にしている公事師だが、素性の知れぬ浪人や遊び人が公事師と名乗って悪辣《あくらつ》なことをしている場合もある。鑑札を持たぬもぐりの公事師が、人から預かった金を持ち逃げすることもよくあった。そんな奴に限って多額の公事料を請求するが、まっとうな所は寄合で決め事をしているから、いずれ偽物《にせもの》だとばれ、厳しい裁きを受けることになる。

「うちはまっとうな公事宿ですからね。無罪の者が無罪と裁断されるのは、それこそ当たり前じゃないですか。金を払うどころか、間違って捕縛した町奉行所から、弁済金を貰いたいくらいです」

強気に言う真琴に、鈴兵衛は畏れ入りながらも、

「まあ、それとは別の相談もありまして……」

と、おもむろに帳面を数冊出して見せた。

「これは、私と同業者で、日本橋にある『丹波屋』との取り引きを記した大福帳でございます。ご覧くだされればお分かりになるかと思いますが、安石榴《あんせきりゅう》、金銀草《きんぎんそう》、牽牛子《けんごし》、人参、曼荼羅華《まんだらげ》などの薬草を沢山取り引きしているのですが、中には媚薬《びやく》を混ぜているものがありまして、こんなことをされては、私どもの信用に関わります」

「ちょっと待ってください。何の話でしょうか」

真琴が制するように手を上げると、鈴兵衛はまた恐縮して頭を下げた。どうやら、この主人は思い込みが激しくて、相手に上手く説明をすることよりも、自分の心の昂《たか》ぶりを見せる方が先という性癖があるようだ。

「ご主人……この藤吉さんの一件と関わりがあるのですか?」

「あ、いえ、それはありません。実はこの藤吉に仕入れの一部を任せていたのですが、『丹波屋』は高価な朝鮮人参の粉末と称して、媚薬を混ぜている節があるのです」

「媚薬……」

「ええ。女の先生にこんなことを言うのはなんですが、その気にさせる媚薬です。煎じて飲めば一瞬、頭がぼうっとして楽になるので、風邪や疲労に効くと錯覚するのです」

「ならば、『丹波屋』さんにその旨を伝えて、きちんと取り引きをするように言えばいいではないですか」

「相手は江戸で指折りの薬種問屋です。公儀御用達《ごようたし》でもあるし、下手に睨《にら》まれたくないのです。相手は、人参だと言い張っています。だから、高い仕入れ値を払っていたのですが、その分だけでも取り返して貰いたいのです」

「そうですか……」

いわゆる詐欺行為によって生じた損害賠償請求というところか。偽薬《にせぐすり》を売れば、

――毒薬並似《に》せ薬種売買之事、制禁す。若《もし》、違犯之者あらば其罪重かるへし、たとひ同類といふとも申出るにおいては、其罪を許され急度御褒美下さるへき事。

と御定書百箇条にあるように重罪で、獄門になった者もいる。

だが、偽薬だと知って、お畏れながらと訴え出れば許されるとある。つまり、鈴兵衛は知らぬ間に、人参と偽って媚薬の粉を売っていたことを告白して、自分が罪人になることを事前に防ぎたいのだ。

「私は本当に知らなかったのです……先日、ひょんなことから、藤吉と仕入れ表を見ていたときに、数量と値が合わぬと思って、蔵を調べてみると……一見、玄人《くろうと》が見ても分かりませんが、人参ではなかったのです」

「人参でないと知らなかったというのですね、あなたは」

「はい。しかし、そのことを一度は『丹波屋』さんに申し出て、本当のところを問い質《ただ》したのですが……こっちはきちんと本物の人参粉を卸している。そっちが勝手に違うものを売り捌《さば》いて、うちのせいにするつもりか……と逆に叱られてしまう始末」

「ならば、別の卸問屋に変えればよいではないですか」

「そうしたいのは山々ですが、私は『丹波屋』が、何食わぬ顔をして、偽物を扱っていたことが許せないのです」

「なるほど。その訴えを私にせよと言いたいのですね」

「あ、はい。藤吉のことで色々とお世話になって、『叶屋』さんならばたしかかと思った次第でございます」

　鈴兵衛は自分が罪人になってしまうことに怯《おび》えていた。それはそうであろう。知らぬ間に咎人《とがにん》にされてはたまらないが、それにも増して、患者らに対して不実であったことに忸怩《じくじ》たるものがあるようだ。

「そういうことなら、分かりました。私の方でも調べた上で対処したいと思います」

　真琴の胸の中に義憤に似たものが湧き起こった。一番の被害者は、何も知らずに偽薬を飲まされた人々である。もし体調不良などがあれば、益々、訴え出る必要がある。そして、『丹波屋』を表に引きずり出して、真実を明らかにするつもりだ。悪いことをした者が責任をもって弁償することは当然だからである。

　鈴兵衛が差し出した切餅小判には、その依頼の意味もあったのだが、

「それにしても、これでは多過ぎます。では、手付けとして一両、戴きましょう。訴え出て、事件が片付けば、もう少しご褒美を付け加えてください。それでよろしいですか？」

　と真琴が微笑んだ。鈴兵衛は有り難いことだと、まるで観音様でも拝むように掌を合わせていたが、藤吉は少し不安げな顔をしていた。

「もしかして、またお白洲に出なきゃいけないと思って心配してるの？」

「それはいいんだけどよ、俺……口下手だし、なんだか俺まで偽薬の手先だと思われたら嫌だし……なんだかよう……」

藤吉は目尻を下げて、情けない表情で項垂《うなだ》れていたが、真琴は励ました。

「いい、藤吉さん。あなたは何もしていない。何もしていない者は堂々としてなさい。世の中には意味もなくオドオドしている人がいるけれど、疚《やま》しいことがないなら胸を張ってなさい」

「は、はい……」

生来の臆病者なのか、真面目過ぎて、何処か自信なげである。真琴が軽く背中を叩くと、異様なほどビクッとなった。

「こいつは、人に触れるのが苦手でして……」

と主人は言い訳めいて苦笑したが、藤吉は寒気でもあるかのように震えていた。先般の事件で、何度か顔を合わせていた真琴だが、ただの気弱な男とは違った別の一面を垣間《かいま》見た気がした。

三

芳町の小料理屋『佐和膳』で落ちあった逸馬と信三郎は、おきわ殺しについてボソボソと話していた。客は二人しかいない。女将の佐和には聞かれても一向に構わないのだが、下手に話が分かると、すぐさま口を挟んでくるから、気を遣っているだけだ。

ならば、組屋敷ででも話せばよいものを、つい旨いもの食いたさに立ち寄ってしまうのである。京風のおばんざいを売りにしている店だから、目の前の大鉢にこんもりと盛られてある里芋の煮っ転がしや青物の炊き合わせ、手羽先の甘だれ煮に生姜酢で和えた鰹のたたきなどがずらりとあるので、片っ端から食べていた。

酒も少々進んで来ると、自然に声が大きくなって、「あれは間違いだった」とか「なんで、上は分かってくれないのだ」などと仕事の愚痴が出てくる。もっと若い頃には、何処の水茶屋の娘が可愛いとか、どうやって人妻を口説いたかなどとばか話をして興じていたが、お互い違う立場で真剣に〝お勤め〟について話しているときが多くなった。

女将の佐和はそれはそれで、逸馬たちの成長を楽しんで見ているのだが、ついつい口を出したくなるのも事実で、今般の藤吉の一件についても、

「もうちょっと調べてみなさいよ」

と逸馬の背中を押すのだった。

「遠山様が一旦、引いたのは、〝疑わしきは罰せず〟という信念があるからです。その代わり、下情に通じた人ですからね、悪党のやりそうなことや、何故そんな悪さを考えつくかってことが分かるんですよ」

佐和がさりげなく言うのを、逸馬と信三郎はポカンと見ていた。

「女将。やはり、遠山様のコレだってことは本当だったのかい？」

と信三郎が不躾《ぶしつけ》に小指を立てると、逸馬は余計なことを言うなと肘をかました。だが、佐和の方は一向に平気な顔で、

「あらら、そんな噂、あなたたちまで信じてるの？」

「いや。こいつが気にしてるんだよ」

信三郎はわざとふざけた口調で、「逸馬は町方与力。遠山様は上役だからね、まさか上役の愛しい人を寝取るわけにはいかねえだろうってね」

「バ、バカッ。何を言い出すんだ」

「照れるな照れるな。あのカチンカチンの女公事師より、酸いも甘いも嚙み分けた艶やかな熟れ女の方が、おまえにゃお似合いだ」

「黙れ、信三郎」

「ハハ。赤くなってるぞ。酒のせいじゃあるまい」

逸馬は腹立たしげに信三郎から銚子をつかみ取ると、手酌でぐいぐい飲んだ。佐和はそれを穏やかな瞳で眺めながら、

「それにしても……逸馬さん。私はちょいと納得できませんがね」

「藤吉のことかい」

「私はその人のことは何も知りませんけどね、後になって、あまりにもその人に都合よい証言ばかりが出てきてませんか？」

「そりゃそうだがな……」

「この事件と関わりあるかどうか分からないけれど、この半年の間に、町娘が殺されて、そのまま〝くらがり〟に入ったままの事件がありますよねえ」

くらがりに入るとは、日限尋《ひぎりたずね》という通常の探索が終わって、永尋《ながたずね》という引き続きの調べをしても、未解決になったままということである。逸馬はそんなことはすでに洗っていると言わんばかりに頷いて、

「三件あるんだ。一人は大工留蔵の娘・お光《みつ》、水茶屋の女・お藍《らん》、そして神田明神町の煮売り屋の娘・おしの……この三人は、みな何故か石で殴り殺されている」

「そのとおりですよ。男同士の喧嘩ならイザ知らず、娘に対して、わざわざ石で叩く

なんて、ちょいと気味が悪い話じゃないですか」

「しかし、女将、相手は女かもしれぬぞ」

信三郎はそんな疑念を言い返したが、女将は首を振って、

「聞いた話ではいずれも大の男が両手で持つくらいの石だとか」

「たしかに……」

と逸馬が頷くのへ、畳みかけるように女将は続けた。

「よいですか、逸馬さん。差し出がましいことを言うようですが、今般のことにはまだ裏があるように思えて仕方がないのです。下手人が藤吉という人であろうがなかろうが、早いとこ捕まえないと、また新たに若い娘が犠牲になるかもしれません」

「そのとおりだ……」

「こんな所で飲み食いしてる間にも、おかしな男が獲物を物色しているかもしれませんよ。一刻も早く解決してくださいな」

女将に言われるまでもない。逸馬は今でも、藤吉が怪しいと睨んでいるので、引き続き原田健吾や岡っ引らに張り込ませている。

信三郎は無実と断じた者に、疑いの目を向け続けることには反対だが、ここで意見を戦わせても仕方があるまい。だから何も言わぬが、寺社奉行吟味物調役支配取次役

の信三郎は、事前の評定所での裁決を末席で見ている。

「ああ、腑に落ちないこともあるしな」

「腑に落ちないこと？」

「うむ。知ってのとおり、評定所では、死罪や遠島という重い刑罰について審議をし、その上で町奉行に判決を言い渡すよう促す」

「さよう。たとえ咎人とはいえ、人の命……間違いがあってはならぬからな」

「しかし、その席で、南町奉行の鳥居耀蔵様は、『死罪相当かどうか疑義あり』という意見をはっきり言ったのだ。遠山様は、この評定所には出ておらぬ。判決を下す者が都合のよいように評定を運んでは困るからな」

「おまえは鳥居様のその意見に、何か他意があるというのか？」

逸馬は信三郎を見やった。二人とも本来は定町廻り同心のように巷を歩き回って探索をする役職ではない。どちらかといえば、常に役所や役宅にて勤めていなければならない。しかし、子供の頃から、何か気がかりがあれば、寺子屋で勉強中であろうが、真夜中であろうが、飛び出して行く癖があった。二人ともその時のままなのである。

「他意があるかどうかまでは分からないが……」

と信三郎は確信に満ちた顔で、「もしかしたら、何か知っているような感じだった。そして、遠山様に誤った判決を導き出させようというような意図が見え隠れしていた」

逸馬は溜息混じりに聞いていたが、事実、真琴の働きがあって、遠山は無罪を言い渡した。一審制の江戸時代にあっては、町奉行が申し述べたことが結審である。だが、現代のように〝一事不再理〟の原則があるわけではない。同じ事件でも新たな嫌疑が起これば、当然、直ちに捕縛され裁かれる。

「つまり……遠山様が〝誤審〟をすることを、画策していたということか」

「そこまではっきりとは分からぬ。ただ、鳥居様の一言で、容易に死罪に処することはできぬという雰囲気はあった。だから、遠山奉行には、評定所から〝要考慮〟の添え書きがあったはずだ。それに真琴のつかんできた証や証言を受けて、減刑どころか無罪としたんじゃないかな」

「ふむ。おまえの言い草じゃ、やはり、何か裏がありそうではないか」

「俺は俺で、今般のことを吟味物調役として整理して、評定にあたる寺社奉行に出したまでだがな……少々、気になったのだ。大将ともあろう者が、予め調べた段階で、何かを見落としてるはずはないと思ってな」

「つまり……？」

「分かるだろう。新たに出た証というのは、何処か胡散《うさん》臭い。お白洲で出ただけであって、きちんと裏を取っていないであろう」

「いや。それは取ったはずだ」

「物事には裏の裏がある。そうだよねえ、女将さん」

佐和も同調したように頷いたとき、ガラリと戸が開いて、八助が入って来た。ヘトヘトに疲れている様子だった。

勘定吟味方改役に異動になってから、夜遅くまでこきつかわれるらしい。江戸城の門がすべて閉まり、町木戸も閉まった頃に帰宅となる。

今日も残業だったのだろう、目がしょぼついて、酒をきゅっとやってから帰ろうと店に寄ったに違いない。

女将は逸馬たちのために燗をしていた酒を、八助についで、

「お帰りなさい。さ、まずは一杯」

「わあ、嬉しいな、女将……真っ直ぐ家に帰りゃ、かみさんが寝ぼけまなこで、遅いって不機嫌になるか、子供たちと一緒に高鼾《いびき》かいて寝てるかのどっちかだから、悲しくて悲しくて……」

湯飲みになみなみと注《つ》いでもらった酒を、一口きゅうっと飲んでから、長い溜息をついた。そして、つきだしのイカの塩辛をつまんで食べると、

「はあ。うめえ……ところで、大将。おまえ、無罪の奴を有罪にしそうになったんだってなあ。いけないなあ、そんな体たらくじゃ。近頃、気が抜けてるんじゃないか？」

と何気なく言った。

「勘定吟味役の方にまで届いてるか」

「そりゃそうだ。だから、おまえも首が飛ぶかもしれねえって噂だぞ。吟味方与力の取り調べがマズいから、町奉行どころか評定所にまで迷惑をかけた。何より、無罪の者が可哀想だとな」

「うむ……」

「溜息ついてんじゃないよ。暢気《のんき》こいてるから、張られてるんじゃないか？」

「張られてる？」

「店の表に、三人ばかり、この辺りじゃ見慣れぬ侍がいた。ありゃ、目付の手の者だな。いよいよ、クビかな。フハハ」

逸馬より先に、信三郎が立ち上がって、傍らの刀をつかんで表に出てみた。たしか

に、闇の中にふたつみっつ人影が浮かんでいる。信三郎は遠慮なく声をかけた。

「おい。隠れてないで、一緒に飲まないか。逸馬は逃げも隠れもせぬ。目付の手の者なら話が早い。こんな所でうろつくよりも、藤吉をもう一度、洗うんだな」

むろん、返事が返って来るとは思っていない。信三郎が刀を腰に差して、ぐいと身構えて、もう一度、闇の中に目を凝らすと、すうっと消えるように気配がなくなっていた。

店の中から逸馬が声をかけた。

「寒いから入って閉めろ、信三郎。折角酒で温まった体が冷えちまうぜ」

信三郎は逸馬のことが心配だったのだが、当人は、

——誰かは知らぬが、もっと俺に迫って来い。そうしたら、どんな裏があって藤吉が無罪になったのか、逆に暴くことができる。

そう睨んでいた。

四

薬種問屋『丹波屋』からの帰り道、真琴はばったりと藤吉に会った。日本橋の袂に

ある高札場の前辺りで、藤吉は風呂敷に包んだ荷物を背負い、まるで行商のような格好で急ぎ足で店に戻っていくところであった。

真琴が『丹波屋』の様子を話すと、とても気がかりなようで、

「もし、よかったら、くわしく話してくれませんか。俺もできる限り、力になりたいんだ」

「そう。だったら、そこの茶店でも」

「茶店はちょっと……」

「え？　ああ、そうだわね。あんな事件があったから、茶店と聞いただけで、嫌なのね。じゃあ……」

と真琴が言いかけると、藤吉は行く手を指して、

「似たような所だけれど、甘味処があるんだ、すぐそこに。さ、行こう行こう」

さりげなく手を取って、半ば強引に引いた。ごつごつとした大きな掌だが、じんわりと温かかった。

真琴は引かれるままに、『竹乃屋』と幟《のぼり》が出ている店に入った。

すぐさま小柄な若い娘が出て来て、いらっしゃいと声をかけながら、にっこりと藤吉に微笑みかけた。恥じらったような表情から、藤吉に気があることは誰が見ても明

らかであった。

「あら。隅に置けないわねえ」

腰掛けに座った真琴が少しからかい気味に声をかけると、藤吉は自分は何も関心がないという顔で、

「え、ああ……お玉《たま》ちゃんて言うんだ。白玉のお玉」

「あら、失礼しちゃうわね」

お玉の瞳や口元から、嬉しさの笑みが零《こぼ》れ落ちていた。さほど藤吉が現れたことが喜ばしいようだった。

「白玉のように綺麗で可愛いって言ってるんだよ。悪気はねえから、勘弁してくれ」

藤吉が真顔で返すと、お玉は小さく頷いて、「いつものお汁粉ね。お姐《ねえ》さんもそれでいいですか」

と言うと、兎のように軽やかに厨房の方へ行った。

その後ろ姿を追う藤吉の目が、何となく曇ったので、真琴は少しだけ違和感を抱いた。

「惚れてるの？」

「え？」

「本当は藤吉さんも、あの娘さんに〝ほの字〟じゃないんですか」

「そんなんじゃありませんよ」

真琴はそれ以上何も言わなかったが、そういえば、茶屋娘のおきわが殺されたことについても、藤吉は「悲しい」の一言で終わらせていたことが改めて気になった。値の張る銀簪を与えたほどの女が何者かに殺されたのであるから、もっともっと深い慟《どう》哭《こく》に打ち震えていてもよいはずだ。だが、日数もあまり経っていないのに、何事もなかったように暮らしている。

「おきわさんのこと、本当に残念だったわね」

「え、ええ……」

「下手人を見つけて、獄門に送ってやりたいでしょ？　あなたとだって、一度は惚れ合った仲なんでしょうから」

「もちろんですよ。でも、できるだけ忘れたいと思ってるんだ」

「どうして？」

「どうしてって……おきわにとっては、俺はあまりいい男じゃなかったみたいだし」

「そうなの？」

「……先生。その話はもういいじゃないですか、終わったことだし」

藤吉は少しばかり面倒臭そうに口元を歪《ゆが》めて、改めて向き直った。

「媚薬というか、偽薬のことだけど……『丹波屋』の主人はどんなふうに言っていました？」

「当然、知らぬ存ぜぬよ」

「やっぱりな」

「あなたは、『丹波屋』の主人の卯右衛門《うえもん》さんのことはよくご存じなの？」

ほんの一瞬、エッという顔になった藤吉だが、首を横に振って、

「知ってるわけがねえ。俺はただの手代の見習いみたいなもんだ。公儀御用商人の旦那の顔すら拝んだことはねえよ」

「そう……じゃ、やっぱりな、っていうのはどういう意味？」

「偽薬を平気で売ってるような奴だと、噂があるからだよ。お陰で、うちの主人もえらい迷惑してる」

「大丈夫。それを今から調べて、奉行所に手入れして貰うから」

理由はどうであれ、偽薬を売買したとなれば、それは立派な犯罪だから、町方が探索することになる。定町廻りが動くのは当然だが、養生所見廻り方も協力する。貧民対策とはいえ、幕府の医術の要であり、江戸市中の薬種問屋の監視も兼ねているから

だ。

江戸幕府の医療行政は、医官の階位とともに厳格に決まっていた。若年寄支配の典薬頭《てんやくのかみ》を筆頭に、奥医師、番医師、寄合医師、目見《めみえ》医師などがあって、養生所医師だけは、町奉行支配だった。総勢にすれば二百人を超えたから、大所帯である。

これらの有能な医師とは別に、町医者が掃いて捨てるほど巷にはいた。特に資格が必要なわけではないから、少々、医学や薬学に通じておれば、誰でも看板を掲げられた。だから、

——藪医者の本草《ほんぞう》探す白うるり

と川柳でからかわれるように、薬草でもないのに、聞いたことのない植物の名を、懸命に本草綱目《こうもく》で探す医者もいる。そんな滑稽な姿が目に浮かぶくらい、いい加減なものであった。もちろん中には、きちんと長崎などで医学を学んだ名医がいて、目見医師となって、奥医師への道が開かれることもあった。

診察料のことは〝薬料《やくりょう》〟と呼ばれていたくらいだから、当然、医者は薬に通じていて、煎じることも自分の手でしていた。だから、真琴は知り合いの養生所医師に頼んで、『丹波屋』の人参が偽物かどうかを、密かに調べさせている。そのために、すでに『叶屋』番頭に人参を買わせていたのだ。

「たしかに、丹波屋さんは、おたくとの取り引きは認めましたが、それこそ取り引き先は何百とありますから、詳細は今のところ分かりません」

と真琴は店で主人に聞いた様子を藤吉に話した。

「でもね、私がちょっと突っ込んだことを尋ねると、とても嫌がってた。たとえば、薬の種類と値のことね。あってなきごときが薬の値だから、曖昧にしたいのでしょう。でも、さすがに効能については詳しい。だからこそ、おたくにある偽人参が、丹波屋から買ったものだと特定したいんですよ」

幾ら越中屋の主人が、丹波屋から仕入れたと言っても、中身を突きつけない限り、相手は惚《とぼ》けるであろう。証の品を見せても、「これはうちでは入れてない。中身をすり替えた」

と言われれば、それまでだ。だから、丹波屋の蔵の中に大量に保存されていることを突き止めない限り、鈴兵衛の戯れ言で済まされてしまうであろう。

「では、どうしたらいいんですか、先生」

このままでは、奉公先の越中屋が嘘をついたことになってしまう。自分は人殺しに間違われ、店の主人までが出鱈目な人だと世間様に思われては、本当にまっとうな人間がばかをみてしまう。藤吉はそう心配しているのだ。

「分かってます。だからこそ、私も気合いを入れて頑張るつもりです」

「お願いします。先生だけが頼りだから」

藤吉が切実な目つきで言ったとき、お玉が汁粉と焙《ほう》じ茶を運んできた。盆を持つ手付きがまだ初々しい。

真琴が椀を手に取ると、白玉が浮かんでいる。

「まあ、美味しそう。お玉ちゃんの肌に負けず、真っ白な白玉ね」

頷きながら笑った藤吉は、懐から薬袋を取り出すと、はいと手渡そうとした。お玉は恐縮して受け取らなかったが、

「銀杏《いちょう》の葉と種を煎じたものだ。お玉ちゃんのような、ちょっと虚弱な人にはいいんだ。時々出てる咳などにも効くから」

「でも、そんな……」

「いいんだ。気にすることはない。先生もどうです？　ああ、疲れたときなんかには、こっちがいいかもしれない」

と別の袋を差し出してきた。滋養強壮によいというが、真琴はあまり薬を好まない。だが、無下に断ることもないので、有り難く受け取った。

お玉は薬袋を大切そうに胸の前に抱えると、また跳ねるように奥へ立ち去った。

「ねえ、藤吉さん」

「なんでしょう」

「あなたって、本当は女たらしじゃないの?」

「どうして、そんなことを……」

「私も女ですからね、ちょっとした仕草や目つきで分かりますよ。でも、この前の事件じゃ、それが災いした。しばらくは、おとなしくしてたらどうかしら?」

「…………」

「だって、そうでしょ。変な疑われ方をしたら、折角、勝ち取った無罪が……」

「どういうことです。俺はまだ疑われてるんですか」

少し気色ばんだ顔になって、藤吉は感情を露わにした。

「そうじゃないけど、町方はまだ動いてる。だから、少なくとも疑われるようなことはしないでね。私は信じてるからこそ、こう言ってるのよ」

藤吉は不愉快な顔色のまま、ふてくされたように汁粉をかき込んで、

「俺は酒も飲まないし、賭事もやらない。働いて働いて、楽しみといえば、こうして、たまに甘いものを食べることくらいだ。なんで俺は……なんで、いつもこんな目に遭わなきゃいけねえんだッ」

と周りの客が驚くくらいの声になった。

豹変したというほどではないが、思わず洩らした粗暴な声に、真琴は戸惑った。

「俺は……俺は……」

「分かってるわよ、藤吉さん。私には分かってる。もういいよ。ごめんなさいね、私までが疑った言い方をして」

「あ、いや、そういうわけじゃ……」

少し燃え上がった炎がすっと消えるように、藤吉の表情も穏やかに戻った。

真琴は承知していた。藤吉は幼い頃から、貧しさのあまり、近所の者にすら、意味なく差別をされて生きてきた。貧乏だから嘘をついた、貧乏だから物を盗んだ。そう言われて苛《いじ》められた。そして、幼くして二親に棄てられた藤吉は、親からの愛情も欠落していた。だから、余計にひん曲がったのかもしれない。

しかし、真面目に働こう働こうとすればするほど、自分が緊張し、周りが見えなくなることもあったようだ。そんな態度が余計に、苛めの対象になったのかもしれない。

「悪い奴、こすっからい奴……そんな奴だけが、旨味を吸ってるのが世の中なんだ。丹波屋のようにね……だから、先生、お願いだ……主人に成り代わって、改めて頼むよ。丹波屋のような奴は、本当に懲らしめてやってくれ、先生……」

切々と頼む藤吉は涙すら浮かべていた。真琴は分かったと頷いて、軽く肩を叩いた。

そんな二人を――。

店の表の通りを挟んだ路地から、健吾が岡っ引の房蔵《ふさぞう》とともに、じっと見ていた。

五

逸馬の拝領屋敷には、先代から仕える小者《こもの》の治兵衛《じへえ》と通いの飯炊き婆さんのおつねがいるだけである。

すでに養父母は他界しているので、三百坪余りの屋敷は一人暮らしには広すぎる。だから、安い店賃で、離れを整体師に貸していたのだが、何故か女ばかりを患者にして、夜な夜な妙な声を出しているので、追っ払ったばかりである。

八丁堀の七不思議のひとつに、

――儒者、医者、犬の糞。

というのがある。八丁堀に学者や医者が多かったのは、与力や同心が副収入のために、部屋を貸していたためである。だが、借りた方も、町方の権威を笠に着て、悪さをする者もいた。

そんな輩に部屋など貸さずに、早いとこ嫁を貰って身を固めろと、実父や信三郎の母からも勧められて、何度も見合いをさせられそうになったが、それもまた気が乗らなかった。意中の人がいるからではない。ただ、女に不自由していないだけのことだった。

その夜、奉行所から帰って来た逸馬を待っていたのは、健吾だった。熟練の岡っ引の房蔵は、空き家になったばかりの離れで、遠慮なくごろんと寝っ転がって饅頭をくわえていた。

房蔵が寝ころんでいるときには、何かいい報せがある。

「何か、つかんだな、健吾」

「はい。奉行所では、定町廻りの筆頭同心の手前、あまり話せませんので、お屋敷にてお待ちしておりました」

「うむ。早速、聞こう」

と逸馬はおつねに、健吾と房蔵にも、松茸の炊き込み御飯を出すように言ってから、書斎で膝をつきあわせた。

健吾はずっと藤吉を張っていたのだが、これといって、先のおきわ殺しに関して、怪しい動きはないと伝えた。その代わり、『越中屋』の主人鈴兵衛も一緒になって、商売相手の『丹波屋』を町奉行所に訴え出る準備をしているようだと話した。

「丹波屋なら、公儀御用達の大店だ。何故、訴えなどと……」

逸馬が不思議に思うのは当然だったが、偽薬を売っている疑いがあることを、健吾は調べたままに述べた。

「人参が媚薬、なあ」

「まだ私が確かめたわけではないのですが、もし、それが事実ならえらいことです。如何致しますか、藤堂様」

「ふむ……俺の狙いは、おきわ殺しの方だ。人参のことは、まあ真琴が好きにすりゃいい。事件を横取りする訳にもいかんしな。それに、訴え出てくれば、その折に調べる」

「はあ……」

偽薬となれば、大事件である。肩透かしを食らったような健吾は、何を考えているのか分からないという顔で、しばらく逸馬を見ていた。

するとと何か閃いたのか、ポンと膝を叩いた逸馬は、

「奴の身辺は房蔵に任せて、今ひとつ調べて欲しいことがある」

「何でございましょう」

「この三人の娘のことだ」

と書き付けてあった紙を、文机の上から取って手渡した。それには、大工留蔵の娘・お光、水茶屋の女・お藍、煮売り屋の娘・おしの三人の名が書かれてある。いずれも、おきわと同じような死に方をしていて、下手人が見つかっていない。

「藤堂様はまさか、この三人とおきわが同じ者の手で殺されたと？」

「手口が同じなのだから、そう考えて当然であろう。だからこそ、俺は藤吉が捕らえられたとき、慎重に慎重を重ねて、取り調べたのだ。この女たちの陰に……藤吉の姿がないか、もう一度、徹底して洗ってみてくれ」

「もう一度ということは……」

「ああ。先の三件は、南町が月番のときのものだからな、調べが不十分だったのは否めまい」

「はい。承知しました！」

健吾は新たな事件の発掘の予感がしたのか、実に潑剌《はつらつ》と返事をした。

その時、離れから来た房蔵が、廊下に控えて、

「お畏れながら申し上げます」

と遠慮がちに声を発した。

本来なら、武家屋敷に入れる身分ではない。訪ねて来たとしても、縁側の下に控えねばならぬ岡っ引だが、この房蔵も養父の折から、出入りしていた十手持ちだから、自由にさせていた。

それに、逸馬が悪ガキだった頃には、幾度となく、とっつかまって説教をくらっていたのだ。房蔵からすれば、町名主の坊主が、自分に鑑札を下してくれていた町方与力の養子になったのだから、たまったものではなかった。房蔵は少々、年をくって、昔ほど頑張りがきかないが、その分、頭で稼いでいた。

「そう堅苦しくするなよ、房蔵親分」

「親分はよしておくんなせえ……実は、今しがた、あっしが使っている寛次《かんじ》と仁八《じんぱち》という下っ引から、こんな繋ぎが来やした」

石に丸められた紙切れを開いたものだ。そこには、

――日本橋の甘味処『竹乃屋』で奉公している娘・お玉が殺された。

とあった。

それを読んだ健吾は凝然となった。昼間、尾けていた藤吉が、真琴と一緒に立ち寄

った先の甘味処だからである。

「なんだと……」

俄《にわか》に訝しい顔になって眉間に皺を寄せた逸馬に、健吾はすぐさま頭を下げた。

「も、申し訳ありません。私に注意が足りませんでした。今、考えれば、藤吉は、そのお玉という娘に薬をやったり、親しげに話したりしていました……ああ、でも、まさか殺すなんてことを」

「慌てるな、健吾。藤吉がやったと決まったわけじゃあるまい」

「でも、藤堂様は今、先の三つの事件も藤吉がやったことではないかと」

「そうかもしれねえと言っただけだ……だが、今度もそうなら……益々、北町奉行の失態ということになる。無罪放免にした奴が、殺しをしたとなれば、お奉行自身の進退にも関わろう」

「ええ……」

「これは褌《ふんどし》を締め直さなきゃなるめえな。房蔵親分」

「ですから、若様。親分はよしておくんなせえやし」

「ならば房蔵。すぐさま、お玉の身辺を洗って、徹底して藤吉との関わりを探れ。そして、健吾、おまえは前の三件の洗い直しを改めて急げ。お玉という娘には可哀想なことをしたが……許せねえ……人の命を虫けらみてえに扱う奴は、どんなことがあっても許さねえ」

逸馬に新たな怒りが湧き上がった。そして、自分の探索の詰めの甘さ、不甲斐なさをひしひしと感じていた。

六

お玉殺しの検分は、北町奉行所の定町廻り方が徹底して行ったが、藤吉と結びつくものは何もなかった。ただ、甘味処の客だというだけのことであった。

定町廻り方同心の調べで分かったことは、おきわを含む他の四人の娘と同じ殺され方をしたということである。これは、下手人の、奉行所に対する挑戦とも受け止められた。

与力番所で、じっと目を閉じ、腕組みをしたまま健吾の報せを聞いていた逸馬は、

「藤吉を引っ張って来い」

と決断するように言った。

「は？　しかし、此度《こたび》の一件には関わりないかと思われますが」

「いや、ある」

「何故です」

健吾は意外な目を向けた。

「おまえはさっき、検死の際、薬袋がなかったと言ったな。藤吉が、お玉にやったという薬袋だよ」

「え、ええ……」

「それは、何処へ行ったんだろうなあ」

「さあ。すでに服用して、袋は棄てたのではないですか。それに、下っ引に張らせていた限りでは、藤堂様……あの後、藤吉は公事師の真琴さんと一緒だったのですよ。お玉に手を下しようがないではありませんか」

「であろうな」

「ならばどうして……」

「だからこそ、話を聞きたい」

「しかし、何の咎もないのに呼びつけることはできませぬ」

「そうか。ならば、こっちから出向いて行くまでだ」

「あ、お待ちください、藤堂様。私どもは……」

健吾は申し訳なさそうに頭を下げると、「私ども三廻《さんまわ》りは、筆頭同心のもと奉行直々の御命令によって探索し、その上で咎人を捕らえて後、大番屋や自身番にて吟味方与力様にお預けして〝下吟味〟をしていただきます」

三廻りとは、定町廻り、臨時廻り、隠密廻りのことである。これらの同心には、上役に与力がいるわけではない。だから、藤堂が定町廻りの同心を顎で使うことは、本来、控えねばならぬことであった。吟味方にも下役として、同心がいるからである。

もっとも、吟味方、例繰方《れいくりかた》、三廻りがきちっと連携していなければ、探索が上手く運ぶはずがない。ゆえに、逸馬は最も身軽で役に立ちそうな健吾を使っていただけだ。

「筆頭同心の真鍋《まなべ》に何か言われたか」

「そうではありません」

「ならば気にすることはない。俺から話しておく。いいか……」

と逸馬はいつになく険しい視線を投げかけて、「奴は、おまえたちが尾けているのを承知の上で、『竹乃屋』に真琴を誘い、そのまま引きつけておいて、お玉を殺したかもしれんのだぞ」

「まさか……そんなことができましょうか」

「だから調べているのではないか。まさに奴が奉行所に対して挑んできたのだ。解き放たれたことに浮かれてな。あるいは、まだ他に狙いがあってのことか……」

健吾は息を飲んで、逸馬を見つめた。

「では藤堂様は、何を証に藤吉を問いつめるつもりなのですか」

「当たって砕けろだ。向こうは人殺しをして、ヘラヘラ舌を出してやがるんだ。ならば、こっちも仕掛けてやるまでよ」

「…………」

「なんだ。たかが藤吉如きに何を怯えておる」

「別に怯えておりません」

明らかに動揺している健吾に、逸馬はもう一度、険しい目を向けたが、

「もういい……下がってよいぞ」

と言って、にこりと微笑んだ。健吾はわずかに戸惑いの顔を見せたが、深々と一礼をして立ち去った。

「ふん。捕縛して届けた咎人を調べるだけが吟味方だと思ってやがる」

よっこらしょと逸馬は腰を上げた。その姿を見た年番方与力が、あまり余計なことはせぬ方がよいぞと声をかけたが、逸馬は背中で受け流して、そのまま表門に向かっ

た。

上野広小路まで足を伸ばし、薬種問屋の『越中屋』に顔を出したとき、藤吉は帳場の前で番頭と話をしていた。

振り返った藤吉はほんのわずかにギクッとなったが、作り笑いをして頭を下げた。まさか、吟味方与力が訪ねて来るとは思ってもみなかったのであろう。

「藤吉。ちょいと話が聞きてえ」

町人のような少し伝法な口調で語りかけると、藤吉は少し戸惑ったように眉を寄せた。逸馬の表情は穏やかで、まるで親しい友を訪ねて来たような雰囲気だった。

「驚くことはあるめえ。あれ、知らなかったか。俺は元々は町人。人形町の名主の倅だ。おまえと同じ町人だよ」

「そうでしたか……」

本当の話かどうか半信半疑のようだったが、直に町方与力に話があると呼ばれて断ることもできまい。主人の鈴兵衛は心配そうに見ていたが、

「仕事中に済まないな。ちょいと借りるぜ」

と逸馬はぶらぶらと、三橋《さんきょう》を廻って、不忍池の方に歩いて行った。しかたなくついて来た藤吉は、そこが、おきわの殺されていた場所だと分かったようだが、素知らぬ

顔をしていた。逸馬もあえて、おきわ殺しには触れず、

「どうやって殺したのか、教えてくれねえかな」

と唐突に訊いた。

「は？」

「甘味処のお玉をだよ。その理由も知りてえ」

「何の話でございましょうか」

「惚けるなよ。お光、お藍、おしの、それから、おきわにお玉……おまえと関わりのある女が次々と死んだのだ。知らねえってことはねえだろう」

「そんな話ならば、失礼致します」

「そう言うなって」

逸馬は藤吉と肩を組むように手をかけた。とっさにその腕を払って跳びすさると、藤吉は一方へ駆け出そうとした。

その前に、信三郎が立ちふさがった。

「藤吉。おとなしく、その与力様にお話しした方が身のためだぞ」

「ど、どなたですか、あなたは」

「ふむ。そんな殊勝な言葉遣いなんぞしてからに……もっと楽に話せよ。本当のおま

えらしくな」

「何の真似ですか、これは……」

不愉快に顔をしかめる藤吉の疑念に答えるように、逸馬の方が声を洩らした。

「こいつは、武田信三郎。寺社奉行の吟味物調役、つまり評定所のお役人だ。死罪だの遠島だのの重罪ばかり扱う役目だからな、色々と昔のことも探り出すのはお手の物なんだ」

明らかに動揺した藤吉を睨みつけて、信三郎はにやりと笑うと、

「大将。こいつは、とんでもねえ悪党だぜ。上州の高崎藩でも散々、盗みだの騙《かた》りだのと悪さをしてたらしいな……なに、各藩で起こった大概の事件は、江戸留守居役を通して、御公儀も調べることになっているのだ。江戸に咎人が流れ込んで来ないようにな」

「………」

「だが、おまえは高崎藩内では、ちょっと知られた絹問屋の手代頭で、藩の偉い人と昵懇《じっこん》だったから、江戸留守居役を通じて、江戸に逃がして貰った」

信三郎は藤吉を凝視したまま続けた。

「高崎藩の上屋敷は、南町奉行所のある数寄屋橋内にある。だから、鳥居様ともご近

所づきあいがあったとか。それで、初めは薬種問屋の『丹波屋』に奉公を勧められたが、ここは公儀御用達だ。何か面倒があったら、それこそ大変だから、親戚筋ということで、『丹波屋』の紹介で『越中屋』に入ったらしいじゃないか」

「……よくお調べでございますね」

「認めるんだな」

「奉公の経緯《いきさつ》はそのとおりでございますが、盗みだの騙りだのとは、とんでもありません」

「そうかい……まあ、いいや。それは、いずれまた評定所で詮議される折に明らかになることだ。そうなれば、おまえごとき町人一人の問題ではない。公儀や藩を巻き込んでの話になろう」

そんなことは知ったことじゃないとでも言いたげに、藤吉は二人を睨んできた。

「旦那方。私が一体、何をしたって言うんです。藤堂様、どうして私が、こんな目に遭わなきゃいけないのです。私が貧しい出だからですか、親がいないからですか……もう沢山だ。私はずっと苛められて、蔑《さげす》まれて生きてきた。高崎で盗みや騙りをしたというけれど、それも誤解だ。江戸に来てまで、やってもない罪のことを責められ……一体、私がどんな悪いことをしたというのですか」

「偽薬を売ってることだよ」

と信三郎があっさりと言った。

そのことについては、逸馬も知り得ていないことだったので、戸惑いと驚きがあった。

「それは本当かい、信三郎」

「こいつに聞いてみりゃ、分かる」

信三郎が自信たっぷりに藤吉を見やると、逸馬はなるほどと頷いて、

「それで、鈴兵衛が『丹波屋』を訴えるだのなんだのと言ってるわけか……もちろん、おまえが丹波屋卯右衛門と組んで、何やらやらかしているとも知らずに」

「やめてください。いい加減なことを言わないでください」

「ちょいと腑に落ちたぜ。だから、薬袋がなかったんだ」

逸馬がそこまで言ったとき、池の畔の道を、真琴が小走りで駆け寄って来た。物凄い形相で怒りを露わにしている。甲高い声で文句を言いそうになった寸前、

「分かってるよ、女公事師さん。こいつは、あんたの側にずっと一緒にいたんだろう？　出合茶屋にでもしけ込んでたか」

「なんですって！」

「冗談だよ。そうカリカリするな。二人で一旦店まで帰り、それから主人も一緒に、鳥鍋を食べに出かけたそうだな」

「そうですよッ。承知してるのなら、これ以上、つきまとうのはやめてくださいな」

「今の時節、鍋は旨いだろうが、訴人と必要以上に親しくするのは、公事師として如何なものかねえ」

「藤堂さん。あなたこそ権力を笠に着て、こうやって罪のない町人をいたぶる人とは知りませんでしたッ」

本気で腹を立てて、頬を真っ赤に染めている真琴に、信三郎の方が半ばムキになって迫り、持っていた書類を押しつけた。

「こっちは隠し事は一切しない。お白洲で戦うことになれば、お互いに証を出し尽くした上で論ずるのが公平というものだ。あんたみたいに、後出しじゃんけんはしない」

「え……？」

「評定所で把握してなきゃいけないはずの、こいつ……藤吉の資料だ。誰が隠そうとしてたか知らぬが、まあ、よく読んでみることだな」

真琴は手渡されるがままに受け取ったものの、お玉の件に関しては、これ以上つき

まとうなと念を押すと、

「お玉のことじゃねえよ」

と逸馬は毅然と答えた。他に何があるのかと文句を言いかけた唇を押さえて、

「偽薬のことだ。それが、同じ手口で殺された四人の女の死とも関わりあるに違いあるまい。だから、調べてるだけだ」

「……偽薬？　他の女？」

「まあ、今日のところは、あんたの顔を立てて、話はここまでにしてやろう。藤吉、今度、番所で俺と会うときには、死罪を覚悟しとけよ。それが嫌なら……なあ、てめえのしたことをキチンと考えて、俺に正直に話せ。お上にだって慈悲がなくはない」

藤吉は黙って、逸馬を見ていたが、ほんのわずかににたりと笑った気がした。不気味にぞっとするくらい冷たく口元が歪んだが、それに気づいたのは逸馬だけだった。いや、信三郎も見逃さなかったが、真琴は藤吉を信じ切っているようだった。

七

「相変わらず人使いが荒いんだから、まったく……俺はもう奥右筆《おくゆうひつ》の役人じゃないん

だぞ。評定所の人事にも関わりない……とっくに勘定吟味方改役になってるんだぞ、ばか。こんなことで、一々、呼び出すんじゃねえ」

ぶつぶつ言いながら、大川端のしゃも鍋屋『幸延《こうえん》』の暖簾をくぐった八助は、目の前に逸馬が立っていたので、ぎょっと仰《の》け反《ぞ》った。

「な、なんだい、いきなり」

「遅いから待ってたんじゃねえか」

「ばかやろう。こっちは色々と細やかで大切な仕事が詰まってるのだ。大将の道楽につきあってる場合じゃないんだ」

「道楽とは聞き捨てならねえなあ」

「そうじゃねえか、そもそも吟味方与力ってのはだなあ……」

「まあいいから、上がれ」

と履物を脱いだ八助の腕を取って引き上げて、「おまえが来るまで、しゃもを食べずにつきだしで酒をやってたのだ。早く早く」

言いながら軽やかに二階への階段を登って行くと、そのまま奥の座敷に入った。続いて、八助が敷居を跨《また》ぐと、そこには仙人と茜が待っていた。たまには一緒に鍋でもつつこうと、逸馬が誘っていたのである。

「あ、先生……茜さんも……」

「別に珍しい顔じゃあるまい。さあ、駆けつけ三杯だ。いけいけ」

と仙人こと宮宅又兵衛が杯を差し出して勧めると、八助は調子に乗って三杯、五杯とあおった。しかし、さして強くもないので、すぐさまへろりんとなって、

「先生ッ。こいつは、この逸馬のやろうは大将ヅラして、今だにガキの頃みたいに、俺を使い走りにしやがる。ひっく……一体、俺を、何様だと思っているのだ」

「おいおい。言葉の使い方が違う。おまえは何様のつもりだ、であろう」

「どうでもいいではないか。そりゃ大将は勉学も剣術も一番出来がよかったが、今は旗本の俺がだな……仙人、分かるか、おい」

半分腰を浮かせかけた八助を、逸馬はきちんと座らせて、

「こんなに酒癖が悪かったか？　まあ、鍋を食おう。しゃもの出汁《だし》と塩だけの、とろんとしたたまらぬ味わいだ……ふはは」

「大将、貴様、今度は何を企んでおる」

ちらりと茜を横目で見て、

「仙人まで呼んでいるとは、もしかしたら、おまえ、茜ちゃんと一緒になる。ついては仲人をお願いすることになって……なんて言い出すのではあるまいな。ほら、酒、

酒」

「いいから、今度は鍋を食え、鍋を」

「一々、うるさい。てめえの腹の具合はてめえで量るわい」

「誰だ。いつも食い過ぎて、立てなくなる奴は」

「大食いなら信三郎に負けらあ」

子供のようなやりとりを繰り返してから、逸馬と八助は脂が乗っていながら、さっぱりとしたしゃもを食べ、じっくりと滋養溢れる出汁をふうふうと吹きながら飲んだ。

仙人も茜も一緒に、まるで合唱するかのように、ふはあと深い溜息をついた。

一旦、酔っ払った八助が少し気を取り戻すと、逸馬は「どうだった」と声をかけた。実は、偽薬に関する判例を北町奉行所の例繰方で調べていた逸馬だったが、思った程たしかな資料が残っていなかったのだ。

それには訳がある。

町奉行の人柄や吟味方与力の取り調べ方などは、町に風聞として流れる。遠山金四《きんし》郎《ろう》と鳥居耀蔵の評判の違いもそうだ。一般の町人にしてみれば、自分の都合のよい方の奉行に裁いて貰いたいというのが人情だ。だから、お目当ての奉行所が月番のときに訴え出ることになる。手心を加えて貰いたいからだ。

それでは、裁判としては不都合であるから、町人の暮らしと関わりの深い、問屋がらみの訴えについては、南北の奉行所がそれぞれ分担する業種が決まっていた。薬種問屋、呉服問屋、木綿問屋などの訴訟は南町。材木問屋、廻船問屋、酒問屋などの案件は北町という具合である。

今般の薬種問屋は、南町奉行所が管轄である。もっとも、殺しや盗みなどの強力犯《ごうりき》が関係していれば、両奉行所が連携するのが当然であったが、薬種に関わることは本来、南町が担当した。

「だから、薬種問屋のあれこれが、北町の例繰方には主なものしか残っていなくてな。早速、南町に問い合わせたが、なんだか知らねえが、口が重い」

不愉快な顔で逸馬が言ったが、八助はさっきほど嫌な表情ではない。しゃも鍋を食べて心地よくなったのか、むしろ穏やかに、

「だから、この俺様が奥右筆仕置掛まで出かけて、以前の薬種問屋にまつわる判例を調べ出してきたってわけだ。感謝しろ」

茜も鍋に箸を伸ばしながら、にこにこと二人の顔を見比べていた。

「やはり持つべき者は友ですね、逸馬様」

「うむ。で、八助。何か『丹波屋』について分かったのだな」

「むろんだ。はあ、うめえ……」

ずずっと出汁を思う存分に啜ってから、きちんと逸馬に向き直った。

「ゲップ」

「おいおい。人に向かってするか」

「聞いて驚くなかれ」

と書類の入った風呂敷を解《ほど》いて、「これは俺が要点を写したものだ。原本は閲覧しかできぬゆえな。よいか、大将……『丹波屋』の主人・卯右衛門は、水野様が浜松藩主になる前、唐津藩主だった頃に、藩領内で手広く商いをしていた薬種問屋なのだ」

「水野様って、あの老中首座の水野越前守忠邦様ですか」

茜が尋ねると、八助はにこりと返して、

「それ以外に誰がいるかなあ？」

水野忠邦は幕閣になりたいがために、唐津藩の領地を一万石、幕府に献納までして、浜松藩主に替わった。それは後に老中になることを睨んでのことだが、つまりは己の出世のために領民を裏切ったのだ。事実、天領になった唐津藩領の農民たちは、その後厳しい年貢に喘いだという。

晴れて幕府の実権を握った者が、かつての領民を苦しめるのだから、怨みも買っていようというものだ。しかし、幕閣に近づくために、水野は多くの賄賂を当時の老中若年寄に渡すことが重要だった。

「その賄賂を用立てたのが、丹波屋卯右衛門ってことだ」

「なるほど。それで、水野様の一声で、御用商人の誉れを得たわけか」

「そういうことだ。どれだけの賄賂が渡ったかなどということは聞くな。そんなことは調べようがない。だが、この数年で、丹波屋が江戸でのし上がった背景には、水野様がいたことはたしかだ。以前、老人の滋養に効くという『長命丸』を真似た薬を出したときにも、上手く処理された」

「水野様が動いたか」

「ということであろう」

「丹波屋は今でも、本店は唐津にあると聞いたが？」

「ああ。唐津藩といえば、長崎警護を受け持ち西国に睨みをきかす土地柄だ。わずか六万石にすぎぬ藩だが、そこを根城にしている商人からすれば、長崎ともすぐ近くだし、色々と旨味があるのだろうな」

「その旨味とは……」

「たとえば、南蛮渡りの薬だ。さっきの『長命丸』もそうだが、ありゃはっきり言って、仙人みたいなお人が使う媚薬だ」

「おいおい。失敬なことを言うな」

逸馬はよせよと止めたが、仙人は一向に気にする様子はなく、

「どうせ儂は、〝提灯で餅をつく〟じゃ。ふひゃひゃひゃ」

と下卑た笑いをしたが、茜だけはキョトンとしていた。何か嫌らしい話であることは間違いなさそうだが、仙人のような老人でも元気になる薬があるとすれば、それを望む者も多かろう。

八助の調べによれば『丹波屋』がかつて、男モノの媚薬を作った折に、工夫をして女モノも作ったようだが、いずれも湿布薬であったという。それよりも実用性の高い、服用薬をめざして作ったものがあったが、大量に余ってしまった。だから、在庫の媚薬を〝人参〟と称して売った節があるのだ。

「なるほど……で、その効能を知ったか、あるいは予め知らされていた藤吉は、それを使って悪さをした、というわけか」

逸馬が断言するように述べると、何も事情を知らないはずの茜がぽつりと言った。

「では、何者かに殺された町娘たちは、その薬の犠牲にされたってこと?」

「茜……そのことをどうして？」

「あ、いえ。また町娘が同じように犠牲になってるのに、下手人が捕まってないし、こんな可愛い私だから、狙われたら困るなあって……」

「自分で言うな。藤吉のことを知っているのか？」

「だって、逸馬様が取り調べたのに、無罪放免になった人でしょ。だから覚えていたんです。そいつのせいなんでしょ？」

詳細を話していないはずだが、裏の事情を多少知っているということは、やはり茜は鳥居耀蔵の密偵なのか。

――水野の後ろ盾のある御用商人の不祥事。高崎藩がらみで、鳥居様との関わりもあると思われる……。

と思った逸馬は、八助に感謝の意を述べつつも、

「もう一肌脱いでくれぬか」

「ええ？」

「いや、待てよ……これは、信三郎に頼もう。評定所から申し出て貰った方が話が早いかもしれぬからな」

逸馬が何を考えているのか、八助には分からなかった。

ただ、仙人だけはいつものように飄々と、鍋の残りを雑炊にしてむしゃむしゃ食べながら、

「悲しい哉、秋の気為《きた》るや、蕭瑟《しょうしつ》として、草木揺落変衰《そうもくようらくへんすい》す……」

と呟くように、宋玉《そうぎょく》という詩人の漢詩を訥々《とつとつ》とそらんじていた。

八

北町奉行の遠山左衛門尉と南町奉行の鳥居耀蔵が、辰之口《たつのくち》評定所で事前協議のために会うということが江戸城中で囁かれたとき、

——何か異変が起こったな。

と幕閣のみならず、諸役人たちは勘ぐっていた。

水と油といわれる二人である。同席してもなかなか言葉を交わさぬ姿は、町奉行に任命した水野ですら緊迫するほどの重苦しい雰囲気が漂っていた。

以前にも、水野の推し進める改革に伴って、歌舞伎などの娯楽や風俗の取り締まり、出版物の統制、株仲間の解散、農民を帰村させる人返しや、大名から領地を召し上げる上知令《あげちれい》などについて、悉《ことごと》く対立して、丁々発止を繰り返したことがある。む

ろん議論をすることは大いによいことだが、まさに弾《はじ》きあってばかりであった。常に冷静で穏やかな鳥居に対して、何処か人を食ったように陽気にふるまう遠山。その違いは育ちにあるのかもしれぬ。

鳥居が朱子学者であり、昌平坂《しょうへいざか》学問所学頭を務めた林述斎の実子のせいか、若い頃は、周りの者を蔑む態度が目についた。生来、権力欲が強く、西之丸目付から本丸目付となって後、町奉行に成り上がったが、その狙いは、綱紀粛正と町人の統制だとはっきり言い切っている。

それに対して、遠山は若い頃には親に勘当された身で、二の腕に刺青を入れて無頼の徒と交わり、芝居小屋で囃子方として働いたりしていた変わり種である。

傍から見る限りでは、言い分の是非はともかく、鳥居の態度の方が説得力があった。それゆえ、評定所に立ち合う面々や各役所の役人たちは、最終判断を鳥居に委《ゆだ》ねることが多かった。もちろん、その背後に水野忠邦の威光があるのはたしかだが、幕府の体面を保ったり、堅牢な人民統制のためには、鳥居の考えは〝正当〟だったのである。

評定所の正式な会合ではない。遠山は此の度の評定には出席しないが、先般の藤吉を〝無罪放免〟にした件について、改めて〝死罪〟を確定させるための事前説明であった。

「一度、無罪と認めたものを有罪とするには、よほどの実証ができぬ限り、無理無体というもの。世間は納得するまい」

と鳥居が端《はな》から拒絶の姿勢を見せると、遠山も淡々と、

「これは異な事。鳥居様が世間体を気にするとは……たとえ、世間に批難されようとも、法を曲げてはなりますまい」

「皮肉ですかな」

「そういうつもりではありませぬ。お気を悪くいたしましたなら、ご勘弁を」

さりげなく謝っておいてから、遠山は肩の力を抜くように深呼吸をした。

「尾籠《びろう》な話で恐縮ですが……鳥居様は媚薬を使うたことがおありですか」

「…………」

「私はまだまだ至って壮健でござれば、元気溌剌、そのようなものは不要でござる」

「何を言いたい」

「与力を通して、すでにお耳に入っていることとは存ずるが、『丹波屋』のことでござる。公儀御用達の薬種問屋であることは言うまでもありますまい」

「それが何か、藤吉なる者の一件と関わりあるのですかな」

「まあ、お聞きください……しかし、寒くなりもうしたな」

と遠山は、さりげなく立ち上がって、風を入れるために開けていた障子戸を閉めようとした。その時、評定所の裏手にあたる堀側の方に、忍冬《すいかずら》が群生しているのが見えた。濃緑の楕円形の葉をつけた茎が蔓のように巻きつきあって、小さな黒くて丸い実が成っている。

「すいかずら……」

遠山は口の中で呟いてから、障子戸をパチリと閉めた。

「忍冬は、〝にんどう〟という生薬で、風邪や関節痛に効くそうですな。胃腸にもよいし、葉を煎じると腫れ物の吸い出しに使えるとか」

「…………」

「そう言えば、いつぞや鳥居様のお屋敷を訪ねた折、見ましたが、たしか茶室の襖が忍冬紋《にんどうもん》でしたな」

忍冬紋とは唐草文様の一種で、西域から中国朝鮮を経て日本に伝来し、飛鳥時代より広く用いられていた。殊更、珍しいわけではないが、使いようによってはとても印象深い意匠に感じる。

「庭にも、忍冬があったように覚えていますが、鳥居様はお好きなのですか？　花は夏に白いのを咲かせますが、私の祖母は、その花を摘み取って日陰に干しておりました。それを〝金銀花〟というそうですな。目出度い名だ」

「…………」

「花はなくなっても、葉は緑色のまま、冬を堪え忍んで越す。ゆえに、忍冬。もしかして、堪えて忍ぶその強さが、鳥居様はお好きなのかと」

「何の話をしておるのですかな」

「生薬の話です。これをご覧ください」

傍らの漆塗りの書類箱から、遠山が差し出して見せたものは、『越中屋』から預かってきた大福帳や出納帳、それに薬の効き目などを詳細に記した処方箋であった。

「さて、尾籠な話の続きですが、そこに『女悦丸』というものがありますな。これは男と女が閨房にて使うものらしいのですが、その作り方が事細かく書かれておりましょう。人参、牛膝《ごしつ》、山椒《さんしょう》、竜骨《りゅうこつ》、肉桂《にっけい》、細辛《さいしん》、麝香《じゃこう》など十数種類の粉末を混ぜ合わせて作られるとあります」

「これが……？」

「たしかに人参も少量入っておりますが、この『女悦丸』が人参として売られていた節があります。『越中屋』はそのことに気づいて、卸問屋の『丹波屋』に申し出たが、けんもほろろ……ですから、公事宿の『叶屋』が代理人として、南町奉行所に届け出ているはずですが。薬種問屋は南町差配ゆえ」

鳥居はギロリと遠山を睨みつけてから、

「さような訴訟、まだ私の所には上がって来ておりませぬな」

「ならば、すぐさま調べてみるがよろしかろう。でないと、大きな禍根を残すことになりましょうぞ。北町が放免せざるを得なかった、藤吉が犯した一連の町娘殺しにも関わっておりますからな」

「なんと……」

「一度、無罪と裁断したものを改めて罰するは如何なものかと言われたが、他の三件の娘殺しも、藤吉の仕業かと思われます」

「まことか」

「ご存じなかったのですか」

遠山は意味ありげに笑みを浮かべ、しばし沈黙のまま鳥居と睨み合っていた。

この場には二人しかいない。しかし、隣室や廊下には、評定所に出向いている下役人らが控えている。その中には、信三郎もいた。話は微かにしか洩れ聞こえないが、一触即発のその重苦しくピリピリした空気は、襖を隔てても伝わってきていた。

「知らぬ」

と答えたのは鳥居だった。

「最後の事件……甘味処のお玉なる娘が殺されたのは、鳥居様の息のかかった者が組んでいたとの調べもあります」

「…………」

「うちの〝梟《ふくろう》〟が闇に目を光らせて、調べ出しております。お分かりか？　藤吉ごとき、つまらぬ男を庇い立てして、お奉行の足下が掬《すく》われるようなことがあっては、本当につまらぬことと存ずるが」

鳥居は微動だにせず、黙って聞いていた。

「ですが、藤吉が己が欲望のために、その媚薬を使った上で、罪なき娘たちを次々と殺したとなると話は別でござる。藤吉が捕らえられて、すべてが明らかになれば、『丹波屋』の〝偽薬〟のことも明らかになるかもしれませぬ」

「…………」

「さすれば、『丹波屋』の後ろ盾の御仁のこと、その御仁が唐津藩でしていたことも、ぞろぞろと表沙汰になるやもしれませぬ。これは、御仁ただひとりのことではなく、幕府にとってもよろしからぬこと……違いますかな」

それまで緊迫して睨んでいた鳥居の瞳に、一輪の光がきらめいた。

「遠山殿……よいことを示唆してくれた。つまり、一連の町娘殺しの件、そして、偽薬の一件……それらをこの南町奉行に委ねると言うのだな」

「さよう。ならば、無罪放免と裁いた私が改めて〝有罪〟にするという、無様なお白洲をせずに済むということですからな」

「ふむ。そう言いながら、この私がどのような裁きをするか、見届けるつもりであろう」

ふっと笑みを洩らした鳥居は、何がおかしいのか、腹の底から込み上げてくる笑いが堪えきれずに、ふははと声をあげた。

「潑乱反正《はつらんはんせい》との言葉もある……乱れた世を治め、正しい状態にすることをいうが……貴殿の話が事実ならば、『丹波屋』とて容赦はせぬ。ご安心めされい」

鳥居がそう断ずると、遠山は今一度、見つめ返し、黙礼してから立ち去った。

九

藤吉が姿を消したのは、その翌日のことだった。

――さては、すべてをうやむやにするために、鳥居様が逃がしたか。

想像しただけで、逸馬は鳥居耀蔵をぶった斬りたいくらいだった。

遠山奉行が、鳥居とあえて二人だけで会談を持ったのは、水野と鳥居に対して、事を大きくせずに済ませる配慮だったはずである。それを逆手に取って、闇から闇に葬るとは、

「きっと、お奉行もはらわたが煮えくりかえっているに違いない」

と逸馬は藤吉の行方を探した。だが、事件が南町預かりになったからには、北町奉行所が大々的に探索をするわけにはいかぬ。岡っ引などを使って、草の根を分けてでも探すつもりである。

そんな矢先、与力番所に、健吾がのっそりと入って来た。何か悪いことでもしでかしたような顔である。それを見るなり、逸馬がからかって、

「どうした。腹の具合でも悪いのか」

「そうではございません。藤堂様にご無礼を働いたと悔やんでおりました」

藤吉を探索せよと命じたのを、遠回しにではあるが、拒絶したことを反省しているというのである。藤吉を探るとなると『丹波屋』も調べなければならない。老中首座と関わりがあると言われている大店に、探索目的で出入りする勇気がなかったという

のだ。

「つまらぬことは気にするな。よいか、同心とは、町人と心を同じくする者、与力とは町人に力を与える者だ。俺たち役人は、人の役に立つためにある。よいな。寄らば大樹の陰とは違うのだぞ」

「はい」

「で、なんだ。何か用があるから来たのであろう」

「あ、そうでしたッ」

と健吾は慌てて逸馬の手をつかまんとする勢いで、「藤吉が姿を晦《くら》ましたのは、南町に出頭する直前でございました。その時、またぞろ『叶屋』の真琴さんに同行を頼みまして、自分の無罪を訴えて貰うつもりだったようです。なにしろ、少なくとも甘味処のお玉殺しがあったときには、真琴さんは一緒だったのですからね」

「うむ。その真琴を振り払って逃げたとでも言うのか」

「違います。一緒にいなくなったのです」

「なんだと……」

俄に、逸馬の脳裏に冷たくて鋭い痛みが走った。錐で突かれたとは、このような感じであろうか。

「まさか、真琴が逃がした……あの正義感でガチガチの女が、法を破るような真似をするとは思えぬがな」

「ですから、私は思ったのです。もしかしたら、藤吉に脅かされてのことかと」

馬喰町の『叶屋』を訪ねた後、健吾はしばらく探し回ったという。二人の姿を見たという者の声をもとに、自身番や辻番、橋番などを隈無く探したら、ついさっき御厩《おんまや》河岸《がし》の渡《わた》しの舟に乗っていたのが確認されたというのだ。

この渡しは、風光明媚ではあるのに、よく舟が転覆したことから、〝三途の渡し〟と呼ばれていた。不吉な予感がした逸馬は、すぐさま行方を追うよう、改めて健吾に指示した。

殺しの下手人が女を連れて逃げたという疑いがある限りは、北町も南町もない。本所廻りも含めて、探索を急いだ。

「あのばかが！　だから言わんこっちゃないんだ」

と逸馬は心から心配したが、ハッと脳裏に思い浮かべることがあった。『叶屋』は公事宿だが、宿で面倒が見切れないほど人が訪ねて来たときには、荒井町の妙源寺という寺に預けると聞いたことがある。

「待てよ……もし、そこへ行くなら、御厩河岸の渡しなんぞで渡らなくても、吾妻橋を歩いた方が……二人は逃げたのではない。何かあったのだ……」

とにかく、逸馬は逸《はや》る気持ちを抑えて、妙源寺に急いだ。


その頃——。

本所馬場町にある小さな裏店に、藤吉と真琴は来ていた。

周りには大きな武家屋敷があるが、この一角だけは空き地のように枯れ草が広がっており、隅田川からの川風を受けるようにポツンと小さな長屋が立っていた。木戸口もなく、粗末な掘っ立て小屋のようで、職にあぶれた者たちが肩を寄せ合って暮らしているような所だった。

「ここに、一目会いたい人がいると言うのね？」

真琴は藤吉に案内されるままに裏店の奥に来た。

「先生……俺は本当に殺しはしてねえ」

「分かってるわよ」

「でも、偽薬のことは、知らなかったこととはいえ、売ってたのは事実だ。幾ら弁解しても、きっと鳥居様なら、極刑にされるかもしれねえ」

「言ったでしょ？　たとえ同類といえども、申し出るにおいては、その罪は許される……そう御定書百箇条にあるって。牢屋がいやなら、うちの宿預かりでもいいし、知り合いの寺預かりでもいい。そう申し出てあげる」

「けど、妖怪の鳥居様だ……俺は……俺は殺される」

殺されると断言したことに真琴は少しひっかかったが、罪が減じられたとしても江戸所払いは避けられない。だから、一目会っておきたい養母がいるというので、南町に捕らわれる前に、真琴が配慮したのだ。もちろん、それが終われば、一緒に出向くことを約束していた。

長屋の奥の部屋を覗いたが、真琴の目には少し柄の悪そうな男が四、五人いるだけだった。公事宿の半纏は着ていない。キリッとした目つきの女に、男たちは少し戸惑ったようだが、その中の一人、紋蔵《もんぞう》という四十がらみの男が、

「なかなかの上玉じゃねえか……久しぶりに、楽しめそうだぜ、ええ?」

と、いかにも助平そうな顔つきになった。真琴は部屋を間違えたと、すぐさま背中を向けたが、戻ろうとする前に藤吉が立ちはだかって、ポンと両手で押しやった。

よろっと足下が崩れた真琴は、長屋の中に後ろ向きで転がりそうになったが、それを紋蔵たちが支えた。さらに藤吉がのしかかるように入って来ると、

「真琴先生……渡し船で飲んだ竹筒の茶、そろそろ効いてきたんじゃねえかな」

「え……」

「むずむずしてこねえか、体の芯まで痺れて、とくにこの辺りが、たまらなく疼《うず》いてきてるはずだがなあ」

藤吉は今まで見せたことのない凶悪な顔になって、着物の裾をめくって腕を差し込んできた。真琴には一瞬、何が起こったか分からなかったが、藤吉の言動から、媚薬を飲まされたことは間違いなさそうだった。

——まさか……。

真琴には信じられなかった。目の前の藤吉がまったくの別人に変貌したことを、受け入れることができなかったのである。急に湧き起こった恐怖のあまり、真琴は腰が抜けたようになって動けない。男たちが嫌らしい手つきで執拗にまとわりついてくる。

「嘘でしょ、藤吉さん……」

「他の女もみんな同じような顔をしてたよ。今のあんたのようにな……そのうち気持ちよくなってくる。その媚薬で、おまえの方から男に擦り寄ってくるよ。ねえねえと猫のように甘えながらな」

「どうして……どうして、こんなことを……」

ケタケタ笑いながら、藤吉は真琴を男たちの方へ押しやって言った。

「今更、聞いてどうするんだ？　俺は『丹波屋』が媚薬を作っていたのを、端から承知していた。ありゃ、すぐにでも女を手籠めにしやすくするための薬だ。何処かのお殿様も欲しかったんじゃねえか？　俺はその秘密を知った。だから、『丹波屋』をちょいと脅して、手に入れてただけだ……それを、『越中屋』の主人が余計なことを訴えやがってよ……ふはは。俺か？　俺は、今みてえに、恐怖に顔を引きつらせながらも、抱いて欲しいと縋《すが》りつく女の顔を見ながら、気持ちのよいことをするのが楽しみだっただけよ」

「な、何を言ってるの……」

「そうそう。その顔、その声。もうすぐ、俺たちに哀願するぜ……お願い……ってな」

切なげな表情になった真琴は、自分でも驚くくらい、がっくりと体が崩れた。それに乗りかかるように、男たちが絡んでいった。

「下手に騒ぐなよ……でねえと、この石で頭をカチ割るぞ……」

と藤吉は両手で大きな石を抱えていた。

「な。あんたみたいな気丈な女でも、黙っただろう？　安心しな。ずっと黙ってりや、ああ、ずっと俺の言いなりになってれば、この石でぶっ殺すなんてことはしねえからよ」

「あなた……私と一緒にいたときには……この人たちに、お玉ちゃんを……」

「だから、余計なことは言うなって。他の証もな、こいつらが『丹波屋』の指示で、色々と画策をしたってこった。下手すりゃてめえも危ねえからよ」

ヘラヘラと不気味な奇声をあげて笑いはじめた藤吉を見ながら、真琴は次第にぼうっとなってきた。体が自分ではどうしようもないくらいに気怠くなった。男たちの醜い体と臭いが重々しく迫ってきて、気が遠くなった。

その時、ギャアッと悲鳴をあげて、男がそっくり返った。次々と、他の者たちも大声を上げて逃げ出した。

半ば朦朧とした頭で見やった真琴の目には、逸馬が猛烈な勢いで、ならず者たちを殴り倒している姿が映っていた。遠くなる意識の中で、藤吉が逸馬にぶっ飛ばされ、思い切り柱で頭を打って悶絶している姿を見ていた。

どのくらい時が経ったか……。

目が覚めたときには、『叶屋』の一室で、布団に寝かされており、番頭の梅吉《うめきち》が心配そうな顔で覗き込んでいた。

その傍らには、逸馬が座っていた。

「あっ……」

真琴は一瞬、何があったのか思い出せなかったが、襟元を整えながら起きあがって、「助けてくださったの？」

「ああ。間一髪だったぞ」

「でも、どうして……」

「岡っ引の房蔵は、スッポンと呼ばれてる奴だからな。ずっと張ってたんだよ、藤吉はロクデナシだと知ってたからな」

「では……」

「うむ。さしもの鳥居様も、今般のことは無視するわけにはいくまい。『丹波屋』の闕所《けっしょ》も間違いなかろう。明日のお白洲では、あんたも証人として出て話すんだな。藤吉にされそうになったことや……媚薬の効き目をな」

「な、な……」

言葉が出ない真琴はポッと頬が染まった。

「なかなか、よい声を出しておったぞ」

「嘘です」

「ふはは。あんたもやっぱり女だってことだ」

「出鱈目ばっかり」

それ以上、逸馬は何も言わなかったが、真琴の無事を確認すると、ぶらりと公事宿の表に出た。

すると、信三郎が待っていた。

「なんだ、俺も助けに駆けつけたことは覚えてないのか」

「だな」

「てことは、おまえにだけ助けられたと思っているってことか、大将」

「嫌だよ、あんなお転婆」

「だったら、やはり『佐和膳』の女将ってことか。おいおい、あっちも怖そうだぜ。やっぱり、おまえは女を見る目がねえ」

信三郎がからかって逸馬の胸を突くと、子供の頃のように駆け出した。何処からともなく祭り囃子が聞こえる。

江戸には今日も秋空が広がっていた。

第三話　天辺《てんぺん》の月

一

表通りから少し入っただけで、鬱蒼と繁っている森となる。

駿河台と呼ばれる一帯は、大名の上屋敷や幕閣の屋敷などがずらりとあって、人通りも多いのだが、外堀沿いの小径は樹木で日が遮られ、眼下には青黛色《せいたいいろ》の水面が澱んで見える。

お茶の水という地名は、近くの寺院内の井戸から湧き出た清水を、将軍の茶の湯に使ったことからきており、伊達公が建造した聖《ひじり》橋の下は、〝小赤壁《せきへき》〟と呼ばれるなかなかの絶景であった。名水の井戸は享保年間、神田川の改修の折、川底に沈んでしまったが、茗渓《めいけい》とも呼ばれる断崖百尺の威容は、江戸の町人の溜息を誘っていた。

雨の日は趣のある霧が広がり、まるで中国の水墨画のような情景になる。

そんなときは、鯉釣りには絶好で、物好きな釣り人が足を滑らせて絶壁から落ちるのを覚悟で、樹木の生い茂る岨道《そばみち》を下った。中にはそのまま川に落ちてしまい、姿を消すこともあったという。さほど人の心を惹きつける謎めいた場所柄でもあった。

その人目につかない所に、団子と書かれた白い幟《のぼり》が立っている茶店があった。

——こんな寂しい森に誰が来るのだ。

と思われるほど辺鄙《へんぴ》な所である。通りがかりの人に訊《き》けば、もうかれこれ五年ばかり営んでいるらしく、立ち寄る人も疎《まば》らだがいるらしい。

「団子か……腹も減ったし、ちょいと味見してみるか」

気紛れに、茶店の表の床几《しょうぎ》に腰を下ろした逸馬に、すぐさま奥から声がかかった。

「いらっしゃい」

少し嗄《しわが》れてはいるが、張りのある野太い声だった。

待っていたかのように茶を運んで来たのは、髷《まげ》に白いものが混じった還暦近い男だった。ずんぐりとした体つきだが、いかにも腕っ節の強そうな色黒である。

「こんな所に、団子屋とはな。俺も大概、あちこちうろついてるが、初めて知ったぜ」

挨拶代わりに言って、逸馬が茶を啜ると、おやじは恐縮したように頭を下げて、

「お茶の水といや、お茶。お茶には団子がつきものでして、へえ」

「店の名はなんてんだい」

「そんなものはありません。ただの団子屋で結構です、へえ」

「ただの団子屋じゃ、銭を取らねえみたいじゃないか」

「面白いことを言う旦那ですね」

黒紋付の羽織に、裏白の紺足袋に雪駄ばき。髷は三角の木葉の形の小銀杏。しかも、大小の刀と一緒に、紫房の十手とくれば、町方与力だということは誰にでも分かる。

「ただの団子屋か。じゃあ、この店で一番の名物団子を貰おうか」

「承知致しやした。少々、お待ちください。丁度、今、焼いておりますんで、へえ」

一々、へえというのが口癖のようだが、まるで取ってつけたようだった。

物腰から見て、もしかしたら元は侍かと思ったが、いきなり身の上話もなんだろうと尋ねずにいた。

店先の隅っこでは、炭火に鉄網を乗せて、一口大の団子を四つ刺した串を、ころころと丁寧に回しながら炙《あぶ》っている若い男がいる。若いといっても、逸馬と同じ年頃で

あろうか。表情は能面のように硬く、どんよりと暗い顔で炭火を凝視するように焼いていた。

逸馬はさりげなく若い男の顔を見ていたが、ほとんど精気がなく、生きているのか死んでいるのか分からないような雰囲気だった。

やがて、焼き上がった団子を、壺に入っている〝みたらし〟の甘だれに浸してから、さらに少し炙って、小皿に載せた。それを主人が受け取って、床几に運んできたとき、

「見習いを雇ってるのかい？」

と逸馬はさりげなく訊いた。逸馬の視線の先に、若い男がいるのに気づいて、主人は曖昧に、また「へえ」と頷いただけだった。

「こんなことを言っちゃなんだが、あまり流行ってなさそうなのに、よく雇えるなと思ってな。あ、すまん。悪気があって言ったんじゃねえんだ」

そう言い訳じみて微笑んでから、逸馬は団子を口に運んだ。程のよい甘さと醤油の香ばしさが混じって、なかなかのものである。

「はあ……うめえじゃないか、おやじさん」

「ありがとうございます」

「これだけの団子だったら、鬱蒼とした所でやらずとも、表通りでやりゃいいじゃないか。出せないわけでもあるのかい」

「そういうわけじゃありませんが、ここだって、ご覧ください旦那……色々な絵師が描いたような風光明媚な所です。往来の激しい通りから一歩入って、ほっと息をつくには丁度いいと思うんですがねえ」

「だったら、もっと広めればいいじゃねえか。あ、俺が広めといてやらあ」

「そう願えれば御の字です。そうすりゃ……」

何か言いかけて口をつぐんだ。

「そうすりゃ、なんだい」

「あ、いえ。客がもっと来れば、本当に有り難いなあと思っただけで、へえ」

と頭を下げてから、話題を逸らすかのようにおやじは尋ねた。

「ところで、旦那はこんな所までどうして?」

「ああ。近頃……この二月ばかりの間に、五件も、この辺りの武家屋敷ばかりを狙って盗っ人が入ってやがるんだ」

「武家屋敷に?」

「ばかだよなあ。侍なんざ、ろくに金なんか持ってねえのに。どうせなら、商家を狙った方が、なあ……あ、こりゃ失言だ。何処にだって盗みになんざ入っちゃならないな」

「そうですよ」

逸馬が話したとおり、観音坂、甲賀坂、雁木坂などに面した武家屋敷は、緩やかな坂道のせいか、通りから〝死角〟になる地点が多く、侵入しやすく逃げやすいらしい。しかも、武家屋敷ゆえ、泥棒は入らぬという先入観があるから、油断するのであろう。

だが、事件が続いたことで、各武家も用心をしている。それでも神保町から小川町辺り、さらに神田上水の懸樋《かけどい》辺りも含めて、盗っ人が現れているから、北町奉行所では探索をしていたのだ。

「そうでございましたか。この江戸のど真ん中で、物騒なことですねえ」

「うむ。そういや、この鬱蒼とした森の中なら、盗っ人も隠れやすいってもんだ。もっとも、その先は百尺の崖だから、逃げようがねえがな」

と逸馬がさりげなく盗賊の話をしたとき、団子を焼いていた若い男が、ちらりと視線を向けた。ほんの一瞬、逸馬と目が合ったが、おどおどしたように目を炭火に戻すと、団子を転がしながら焼き続けた。

「………」

しばらく逸馬は周りの樹木や下草を眺めながら、団子を味わっていたが、若い男の方もなんとはなしに気になっているようだった。

「ほんと、うめえな、こりゃ……」

串を皿に置いて、茶をお代わりして溜息混じりに飲んでいると、小径を一人の女が歩いて来た。地味な着物の年増で、島田の髪がだらしなく少し崩れている。逸馬はさりげなく見ていただけだが、おやじはふいに優しく声をかけた。

「お姐《ねえ》さん。足下が滑りやすから、気をつけてくださいよ」

その声にハッと我に返ったように振り向いた女の顔は、何となく青ざめていた。何か曰くありげだったが、取り立てて切羽詰まったものを逸馬は感じなかった。

しかし、おやじはにこにこと微笑みながら、

「団子、どうです。一本、四文だけど、今日はいい日だ。ただにしときやすよ。さささ、どうぞ、どうぞ、休んでってくださいまし」

と何度か誘った。だが、女は申し訳なさそうに頭を下げてから、そそくさと逃げるように立ち去った。

「ふむ。愛想の悪い女だな、おやじ」

逸馬が小銭を床几に置きながら、客を引き損ねたなと声をかけると、

「へえ、まったくで。でも、これでようございました」

「え？」

「あ、いえ。また独り言でございます」

「変なおやじだな」

と微笑み返して立ち上がった逸馬は、ぶらりと崖道を川面が見える方に近づいた。

「旦那も気をつけてくださいよ。雨上がりだから、本当に滑りやすいですから、へえ」

崖っぷちまで寄ると、たしかに目がくらむほどストンと切り落ちていて、高い所が苦手な者なら足が竦《すく》むであろう。

逸馬もあまり得意ではない。後ずさりしながら、茶店を振り返ると、団子を焼いている若い男が、やはりどんよりとした目つきで、逸馬を見るともなく見ていた。

——それにしても、妙な団子屋だな。もしかすると……。

この界隈を荒らしている盗っ人と関わりがあるのではないかと、逸馬は勘ぐった。

いよいよ秋が深まったのか、ひんやりとした風が木立の間をすうっと抜けて、枯れ葉を巻き取るように去った。その枯れ葉が花びらのように断崖の下の掘川に舞い落ち

るのを、逸馬はぼうっと眺めていた。

二

また武家屋敷に盗賊が現れたとの報せが北町奉行所に入ったのは、その団子を食った翌日のことだった。

与力番所で、逸馬は本日行われる〝下吟味〟の書類を繰っていたところだったが、胸騒ぎがしたので、同心詰所まで赴いて、あれこれと話を聞いた。

被害を受けたのは、勘定吟味方改役の西田兵庫介《ひょうごのすけ》の屋敷で、盗まれたのは三十五両程だったという。

「吟味方改役……パチ助と同じ役職じゃねえか。あいつのうちは大丈夫なのか？」

と逸馬は心配した。

盗みに入られた西田の屋敷は、主人の兵庫介は下勘定所に宿直《とのい》で仕事をしており、妻子もたまたま実家に帰っていたため怪我一つなかった。小者や下働きの女はいたが、ぐっすり眠っていたため、賊にはまったく気がつかなかったという。

今まで被害を受けた武家屋敷の奉公人の中で、腰の骨を折るという大怪我をした者が一人いるが、後は無事であった。盗賊は用意周到に盗みに入るとみえ、刃物などで脅す強力犯《ごうりき》ではなさそうだった。また、事件が続いてから、町木戸はどの町もきちんと閉めており、自身番や木戸番も目を光らせていたので、徒党を組んでの盗みとは考えにくい。

――せいぜい数人の一味であろう。

というのが逸馬の読みであった。

逸馬は予定されていた痴話喧嘩から殺しに至った事件の吟味など、幾つかの仕事を終えてから、ぶらりと町場に出た。「またぞろ、机の前に藤堂がいない」と年番方与力らが呆れ果てていたが、そんなお小言など何処吹く風で、先日来、気がかりだった武家屋敷一帯を廻っていた。

用意周到に盗みをしているということは、下調べを十分にしていると考えられる。絶対に足がつかないようにするためには、入念な準備が必要だ。何処に入るか、そこの住人の数や構成はどうか、剣術の腕前はどのくらいか、屋敷の広さ、入口、逃げ口、さらには留守かどうか……などを毎日、何処かから見ていて、丹念に計画して行動をしているに違いない。

それにしても、武士のくせに、おめおめと盗みに入られるとは情けないではないか。逸馬が盗賊の手口を改めるように、探りながら歩いていると、行く手から八助が来るのにばったり会った。

「よう、パチ助」

「なんだ、大将か。また奉行所を抜け出したりして。真面目に働け」

「何を言う。俺はこの辺りを荒らしてる盗賊退治をするためにだな……」

「盗賊退治ときましたか。まあ、剛毅な話で大将らしくてよいが、自分のうちも気をつけた方がよろしいぞ。屋敷には、小者の治兵衛さんと婆やくらいしかおるまい。たちが悪い奴らだったら、殺されるぞ。もっとも、大将がおれば、一網打尽だろうがな」

「おまえこそ気をつけろよ。カカアに六人の子供。冗談じゃ済まないぞ。そういや、吟味方改役のお旗本がくだんの盗っ人に入られたらしいが」

「その西田様の所へ見舞いに行く途中だ」

「見舞い……」

「俺の上役になるからな。今朝、宿直で帰って、この騒ぎだ。家人に何もなくてよかったが、いやはや困ったものだ。西田様は只でさえ、小心者だからな、寝込んでしまったらしい」

「おまえに小心者と言われるとは、さぞや心の臓が弱いんだろうな」

「ばかにしているのか。西田様は有能な改役だ。ご老中にも色々と直訴をしたことのある、威風堂々とした御方だ」

小心者と威風堂々という矛盾を八助はどう考えているのか分からぬが、渡りに舟とばかりに、逸馬は同行したいと頼んだ。被害の状況や屋敷の様子などを、自分の目で確かめたいからだ。

勘定吟味役といえば、勘定奉行の不正を監視する清廉潔白であるべき役職で、それに相応《ふさわ》しい人物しか選ばれない。万が一、不正を見つけて、勘定奉行に問い質しても要領を得ないときや、不正を隠匿するおそれがあるときは、老中に直々に訴えることができる権限がある。

それは勘定吟味役に限らず、その部下である勘定吟味方改役にも与えられている特権なのだ。もし、勘定吟味役も何か悪行を行った場合に、身近な役人が〝上訴〟できるようにしておかなければ、監視役にならないからだ。さほど厳格な役職ゆえ、お役目であれば、大奥にさえ入ることができた。

だからこそ、屋敷も厳戒を心がけていたはずだが、あっさりと賊に入られたことで、上役の信頼を失ったかもしれぬと、西田当人は考えている節があるという。

淡路町の幽霊坂に面した所で、付近はすべて旗本の拝領屋敷であるが、辻番所はなく、見回すとたしかに人目が届きにくそうであった。

八助と一緒に歩いていた逸馬は、昨日も同じ道を歩いていて、

――なんだか違うな。

と感じたことがあった。

それは、幽霊坂から淡路坂に抜ける小径に、二八蕎麦屋の屋台が出ていたのを思い出したのだ。その路地はたまに通るのだが、後で考えると、飯時でもないのに、どうして店を出しているのか不審に感じたのだ。

もちろん、その時にも逸馬は二八蕎麦屋に声をかけた。蕎麦屋は夫婦者で、頬被りをしていた主人はきちんと顔を出して、

「お勤めご苦労様です、藤堂様」

と声がかかってきたので、自分のことを与力だと知っていると思って、取り立てて調べなかった。盗っ人が出没しているから、何か変わったことがあれば教えてくれと声をかけただけだ。もし、それが盗っ人の仲間だとしたら、とんだ間抜けだ。

逸馬は自分を責めながら、西田の屋敷に入ると、

――なるほど、まさに盗っ人に入られやすい屋敷だな。

と思った。両隣の塀際は、隣家の土蔵が迫っており、外から見られることはない。しかも裏手はちょっとした空き地になっていて、そのまま淡路坂の方へ続いている。その先は、神田川の切り立った土手になっているから、あまり人に会わずに、何食わぬ顔で逃げることもできよう。

「八助……おまえの屋敷もたしか隣は蔵だったな」

「うむ。そうだが？」

「気をつけろよ。盗っ人に狙われやすい。それに、この屋敷は余計な木々が多すぎる。今は葉が落ちているからマシだが、夏のように生い茂って、しかも襖を開けっ放しにしてたりしたら、益々狙われやすい」

「そうかもしれんが、大将……あれこれ言う前に、どうやったら守れるか。教えてやってくれよ、西田様に」

まだ妻子は実家から帰っておらず、西田一人が寝込んでいたようだが、訪ねてきた八助の姿を見ると、少しだけ元気になって、

「毛利。美濃部様のご機嫌はどうだ」

勘定吟味役は六人いるが、西田は八助と同じ美濃部小五郎に仕えていた。

「とても案じておられます。今日は宿直の後だから、ゆっくり休んでくださいとのこ

とですが、同じ所に二度入らぬとは限りませぬゆえ、町方の見廻りが増えると思います」

「おい。勝手に決めるなよ」

逸馬はそう茶化したが、岡っ引などを増やしているのは事実である。

「それにしても、吟味方改役など役料は高々百俵七人扶持。盗みに入ったところで大金をせしめることなどできぬがな」

八助が自虐を込めて言うのへ、西田も同調していたが、逸馬から見ると、武家屋敷を狙っている名もなき盗っ人は、大金を奪うのが狙いではなく、取りやすい所からチョコマカ盗むのだ。

しかし、初めはこそ泥くらいのことが、やがて大きな盗みをして、人を殺《あや》めぬとも限らぬ。むしろ、そうなることの方が多い。だから、何としても火の小さなうちに捕縛したかった。

「ときに西田様……」

と逸馬は丁寧に声をかけた。相手は微禄とはいえ旗本である。御家人の逸馬からすれば、畏れ入らねばならぬ身分だからだ。

「昨日すぐそこの路地で、二八蕎麦の屋台を見かけたのですが、いつも来ているのですかな?」

「二八蕎麦……」

西田は少し考えてから膝を叩いた。

「ああ。そういえば、一月前くらいから屋台が出ておる。私は食したことがないが、近所の武家屋敷の中間《ちゅうげん》たちが時々、立ち寄っていたようだが」

「そうですか。一月前くらいから……」

「何か、ひっかかることでも?」

「もしかしたら、盗っ人の一味で、押し入る屋敷を物色していたのではないかと」

「なるほど。しかし、この辺りは、夏は〝ひゃっこい水〟、秋や冬には夜泣き蕎麦とか焼き芋などを売りに来る。辻番や中間、旗本屋敷の女たちが小腹を空かして、呼び止めることはよくあるゆえな、珍しいことではない」

「そうですね……ですが、盗っ人という奴らは何も特別な暮らしをしているわけじゃない。巷の中で、何食わぬ顔をして獲物をねらっているのですから、余計、始末が悪いのです。もし、他に気づいたことがあったら……たとえば、近頃になって急に出入りしている商人などいませんか」

「はて……」

特に思い出せないと西田は答えたが、しばらくして、何かが閃いたようだった。

「そういえば、うちの下女たちが、団子が好きでねえ。このごろどこぞから、時々、取り寄せることがあるとか。私はこれまた食したことはないが、女たちにはすこぶる人気でしてな」

「団子……」

逸馬もハッと思い出して、「もしかして、それは、外堀の……」

「ああ。そうだと思う」

たしかに妙だと逸馬も思ったが、〝ただの団子屋〟はもう五年も前から、あの場所で商いをしているはずだ。この二ヵ月余りの事件と深い関わりがあるのかどうかは、判断しかねたが、

――きちんと調べておいた方がよいな。

と逸馬は思った。

三

「その団子屋なら、私、知ってるわよ」

焼けたばかりの殻ごとの牡蠣を差し出しながら、佐和は言った。

「は、ほう……旨そう……」

あつあつの牡蠣に柚《ゆず》をちょこっと垂らして、息をふきかけながらずるっと食べた。潮の香りがたまらんと溜息をついた逸馬は、団子屋のことなど頭から飛んでいた。

「で、〝ただの団子屋〟がどうしたのよ」

「はあ。本当に旨いなあ。こうやって、ただ焼いたものだが、魚もそうだけど、素直に焼くってことが難しいんだろうな」

「だから、団子屋がなんなの」

佐和が少しばかり呆れると、逸馬は真っ白だった頭の中に、みたらし団子が蘇《よみがえ》ったようで、きゅっと牡蠣殻に注いだ酒を飲んでから、真っ直ぐ伸びた白木一枚の付け台にもたれかかるように、

「女将……旨いものを食ってるとき、他の食いものを思い浮かべても、なんだか、すうっと消えてしまうな」

と調子よく言ってから、「あの団子屋がね、盗っ人と関わりがあるんじゃないかとね。疑わしいといえば、疑わしいんだ」

「随分と曖昧だねえ」

「団子はまあ旨かったが、おやじと若い衆……この二人がどうもね」

「そんなに怪しいの？」

「いや。それが……」

ともうひとつの牡蠣をずるっと食べてから、口元から零《こぼ》れそうになった汁を、行儀悪く手で拭って、また酒を飲んだ。

「西田様の屋敷の帰りに立ち寄ったんだが、店じまいをするところでね」

「店じまい？　商売をやめるの？」

「そうじゃなくて、団子が切れたから、茶店は葦簀《よしず》を被せたのだが、幟は下ろさず、床几も出したままでね、おやじはぼんやりと掘割の方を見てるんだ」

「へえ。何のために」

「それがよく分からないのだが、訳ありげでね、多くを語らないんだ。俺の見立てじゃ、元は侍。しかも少しだけだが、上方訛りがあるんだが……何となく、与力だの同心だのが嫌いみたいでね」

「まあ、正直言って、あんまり好きな人はいないさね。ふつうの商売をしてりゃ、十手持ちにうろつかれるだけで、世間の人は何事かと、あることないこと勘ぐるからねえ」

「女将が遠山様と……ってことなんかも？」

「そうだね。まったく迷惑な話だよ。私、あんなおじさんは好きじゃないから」

と言いながら、佐和は付け台の中から出てきて隣に座ると、逸馬に酒をついだ。

「で、団子屋の主人は、そこで何を？」

「分からない。俺も大概、しつこく訊いたんだが、『ここからの眺めが好きでねえ』と言うだけなんだ。団子を焼いている若い衆は日暮れになると、一人で帰っていくのだが、どうやら、神田須田町にある主人の長屋で、一緒に暮らしてるらしいんだ」

「へえ。まさか陰間の方の話じゃないだろうねえ」

佐和が珍しく下世話な話をするので、逸馬の方が調子を狂わせてしまった。

「気になるから、岡っ引の房蔵に尾けさせたんだが、主人の言ったとおり、『米蔵店《だな》』という長屋に住んでいた」

「米蔵と書いて、よねぞうねえ……でも、目出度い名前じゃないの」

「房蔵が聞き込んだところでは、団子屋の主人の名が米蔵で、長屋の大家らしい。地主と家主は別にいるのだが、まあ店賃がただになる代わりに、長屋の者の面倒をあれこれ見ているらしい」

「じゃ、やはり逸馬さんが睨んだとおり、元は武士？　信頼のおける浪人さんが、大家を任されるってことはよくあるし」

逸馬はこくりと頷いて、おばんざいを盛った大鉢から勝手に、蒸《ふか》し芋と鳥のつくねを小皿に取ってぱくりと食べた。

「ああ。孫娘が一人いるようなのだが、なんだか長屋の住人とはとても仲良くしているらしいんだ」

「じゃあ、長屋の大家が、手慰みで団子屋をやっているとでも？」

「そこんところは分からないが、どう見ても盗賊の一味とは思えねえと房蔵は言ってるんだ。まあ、そこまで地についた暮らしをしてる者が、盗っ人だってのもなあ……ありえねえだろうな」

と逸馬が銚子を空にしたとき、ガラッと音がして戸が開いたので、信三郎が来たのかと思ったら、数人の馴染み客が入ってきた。逸馬も知っている植木職人たちだが、もう何処かで一杯ひっかけて来たらしく、実に楽しそうに白木の台の前に、鳥のように並んだ。

「それにしても、遅いな……信三郎の奴は癖が悪い。いつも人を待たせて平気だから困る。あれで評定所の役人がよく務まるものだ」

「まあ、そう言わないの。今頃はまだ、書類に埋もれて、半ベソをかいてるかもしれないでしょ？」

「違えねえ」

外の空気を吸いたくて、表に出ると、目の前の路地を突っ走って行く男二人の姿が浮かんだ。その駆けっぷりは、いかにも只者ではない。

思わず追いかけたくなるほど緊迫していたが、その後ろを走って来たのが信三郎だったから、これまた驚いた。

「おい、信三郎」

「話は後だ。大将、おまえも来い」

信三郎に言われるがままに、刀も店に置いたまま、逸馬もすぐに追った。芳町から人形町辺りは、京のように小さな路地が入り組んでいるが、迷うほどではない。そのまま真っ直ぐ走れば、隅田川に突き出る。

二人の男の影は、徳川家兵法指南役として有名な小野派一刀流の屋敷の辺りで、パッと二手に分かれた。信三郎と逸馬が駆けつけたときには、一人はもう姿がまったく見えず、もう一人は浜町の方へ駆けていく後ろ姿が、くっきりと月明かりに浮かんだ。

「待て、このやろう！」

と信三郎は走りながら怒鳴った。

「……お、おい、信三郎。奴らは一体、何をしたんだ」

逸馬が荒い息で訊くと、信三郎も思い切り走りながら、

「この程度で息が上がるのか。修行が足らぬぞ、大将」

「こっちは一杯……どころか十杯くらいやってたんだ、おまえを待ってな……だから」

「言い訳するな、みっともない」

「だから、誰なんだ、奴らは」

「おまえたち町方が手をこまねいている盗っ人だよ、恐らくな」

「なんだと!」

「たまさか、京橋の桶町の方で、勘定吟味役の美濃部様の屋敷から逃げ出して来るのを見かけてな、こうして追って来た次第だ」

「美濃部様……?」

逸馬の脳裏にはまた別の思いが湧き起こった。昨夜、起こったばかりの盗みは、勘定吟味方改役の西田の屋敷が犠牲になった。そして、今夜はその上役の屋敷。これがただの偶然なのかどうか……逸馬には偶然とは思えなかった。

とまれ、段々、調子が乗って来た逸馬と信三郎は、次第に盗っ人の背中に追いついてきた。何処まで走っても、月だけは追いかけてきた。

間合いが詰まってきたとき、信三郎は小柄《こづか》を抜いて、相手に投げた。空を切る音がして、それは賊の肩に命中した。かに見えたが、賊はそのまま、まるで忍者のように跳ねて、町木戸によじ登ると、反対側の通りに飛び下りた。

「逸馬、向こうだッ」

信三郎の掛け声で、逸馬はとっさに角を曲がった。この先の三叉路で、挟み打ちにするつもりである。

だが、勢いを増して走って来た逸馬が見たのは、向こうから駆け寄る信三郎の姿だけだった。やたらと長く月影が伸びている。

「信三郎、見失ったな⁉」

「いや。たしかに、こっちに……妙だな……」

二人は辺りを見回したが、天水桶など身を隠せる所はなく、ひとっ跳びで越えられるような塀もなかった。

「妙だな……だが、手応えはあった。小柄で射止めた手応えは……」

その証に、途中、小柄は落ちていなかった。

しばらく、二人はつぶさに付近を歩き回ったが、逃げ道を見つけ出すことはできなかった。幽霊のように消えてしまった賊に、苛立ちさえ覚えたとき、

——ゴトリ。

とすぐ近くの古い船番小屋で音がした。

逸馬と信三郎は顔を見合わせて、すり足で小屋に近づき、呼吸を合わせて戸を蹴破って中に押し入った。

すると、そこには、ぶるぶると震えている男が一人だけいた。とっさに信三郎はその者の襟首をつかんで、月明かりが射す表まで引きずり出した。

「来やがれ、このやろうッ。手間ア取らしやがって、ツラを見せろ、おい！」

乱暴に信三郎が引き寄せると、逸馬がひょいと止めた。

「おまえは……」

月明かりに浮かんだ顔は、〝ただの団子屋〟の若い衆だったのだ。

「大将、知ってるのか？」

「ああ。ちょいとな」

その男は逸馬だと分かって、逆に少し安堵したような顔になって、溜息をついた。

それでも信三郎が突っかかろうとするのへ、

「よせよ。こいつは追ってた奴とは違う……ほら、何処にもおまえの小柄を受けてない」

と逸馬は庇うように言って、じっと男を見下ろしていた。

四

信三郎はそのまま、逃げた盗賊をしつこく追って行ったが、逸馬は男を『佐和膳』に連れて行って、冷えている体を温めてやった。奥の小上がりの火鉢の前に座らされた男は、何度も申し訳なさそうに頭を下げた。

「米蔵さんの下で働いている奴だよな」

若い衆は、逸馬がその名を知っていることに驚いたようだった。

「おまえたちのことは、少し調べさせてもらったよ。人を見れば泥棒と思うのが、俺たち町方の癖みたいなもんだ。許せ、あの近くで泥棒があったことは、おまえも承知してるだろう」

「…………」

「名は、何という。こっちの調べでは、寅吉《とらきち》とあるが」

観念したような顔になって、若い衆はこくりと頷いた。

「では、寅吉。あんな所で何をしてたんだ」

「…………」

「まあ飲め。これは審問ではない。ただの四方山《よもやま》話だ」

「酒は飲めねえんで……」

「つまらん奴だな」

「飲めば、ぶっ倒れるもんで」

「そうだったか。ならば、茶でも飲むか」

「へえ」

逸馬は火鉢にかけてあった鉄瓶から、急須で茶を煎じて、大きな湯飲みにそそいだ。

「あんな所で何をしてた」

「鰻釣りです……川に仕掛けをつけてたもので、それを取りに」

「小屋の中でだよ」

「何か、凄い騒ぎ声がしたので、怖くなって、そいで、とっさに隠れただけです」

「そうか……」

少し間を置いてから、逸馬は優しく問いかけた。

「おまえたちは、米蔵が大家をしている長屋で、いわばひとつ屋根の下に住んでいるようだが……本当に盗みとは関わりないんだな」

「ちょっと勘弁してください、旦那」

「ん？」

「あんな立派な人を……あんな仏みたいな米蔵さんのことを、盗っ人呼ばわりするなんて、あんまりだ……あんまりすぎる」

訥々《とつとつ》と話す寅吉は、人と喋るのが苦手のようだ。それでも、米蔵のことを庇いたいのか、懸命に訴えようとしている気持ちは分かった。

「名は寅吉だが、まるで借りてきた猫だな……すまん、余計なことを言った。俺は、こう見えても元は町人でな、だから、つまらん駄洒落を言うことがあるが、勘弁しろい」

「……え、ええ」

町人と告白したことに、寅吉は少し驚いたような戸惑ったような顔をした。親近感が湧いたのであろう、じっと目を合わせることはなかったが、火鉢の灰を掻きながら、ゆっくりと話しはじめた。

「米蔵さんは……私の命の恩人なんです」

「命の恩人……」

「はい。あれはもう一年程前のことです。雪がちらつく宵でした……」

寅吉の頬が、火鉢の炭の熱でぽっと赤く染まると同時に、遠い目つきになった。

「俺は何をやっても愚図で、奉公先でも苛《いじ》められてばかり、その上、店の金を盗んだと疑われて、岡っ引の世話になったこともあるんです。でも、俺は何もしちゃいねえ……でも、みんな俺のことを泥棒呼ばわりするから……生きる張りもなくなって、どうせ小さい頃から親兄弟もいないから、俺がどうなっても悲しむ者もいねえ……だから、俺は」

少し言葉を詰まらせて、込み上げるものがあったのか、寅吉は仕切り直すように正座した。だが、目は相変わらず伏せたまま、

「死のうと思って、あの崖に行ったんです……小赤壁……お茶の水の断崖です。ひと思いに飛び下りようと思ったら……『兄さん、その辺りは足が滑ってあぶないよ。こっちへ来て、団子はどうだい』って、声をかけてくれたんです。ええ、それが団子屋のおやじさんの米蔵さんです」

「米蔵が……」

そういえば、昨日も、逸馬が立ち寄ったときに、妙な女があの辺りに歩いて来たのへ、同じように米蔵は声をかけた。

「そうです。昨日のことも、あれは飛び降りるのを、米蔵さんなりの思いで、止めたのです」

「…………」

「死のうと思っている者は、一瞬でもためらえば、思い留まります、その時は」

「その時は……」

「ええ。一旦はやめても、後でまた、そんな思いに駆られるかもしれない。けれど、その時は本当に留まることができる。米蔵さんがかける一言で、死なずに済む命が幾つあったことか……」

逸馬は不思議な感覚に囚われた。「寅吉の言い分だと、まるで米蔵は、自害する者に思い留まらせるために、声をかけているようではないか」

「そのとおりでございます」

「え……」

「米蔵さんは、あの〝小赤壁〟辺りが江戸では自殺の名所だと聞いて、あそこに茶店を出したっていいます」

「……………」

「名所なんてことを言うから、人が集まってきて、自害をしたりするんですよ。色々な事情があって、人は自ら命を絶つことを望むことがあるんです。だから、米蔵さんは、そんなことはよくないって説教するわけじゃないが、ああして、あの場所に来る気持ちの落ち込んだ者に、さりげなく声をかけるんです。ですから……そのお陰で、助かった人は沢山いるはずです」

面白いことを考えるものだ、と逸馬は思った。いや、面白いなどと軽々しく思ってはいけないのかもしれない。米蔵の声は、まさしく神や仏の声に等しいものであろう。

「米蔵が、あの場所で店を開きながら、そういう人が来たときに止めようとするってのは……どうしてなんだい。何故、そんなことをしようと思ったんだい」

「さあ。俺は、ただ助けられた身ですから、米蔵さんの心の底までは分かりません。ただ、本当に人を救いたい。つまらぬことで死ぬことはない。そう訴えたいんだという気持ちは分かります……事実こうして、俺は生きてる」

「…………」

「米蔵さんが凄いのはそれだけじゃありやせん。俺みたいに職にあぶれたものを、何とか暮らせるように、色々と面倒を見てくれるんですよ」

「面倒を……」

自嘲的に笑って、寅吉は続けた。

「俺みたいな、何処に行っても使い物にならねえ奴でも、ああやって団子作りをさせてくれてる。俺も、同じように、死のうと思って来た人に声をかけたいけれど……米蔵さんみたいに上手くはかけられねえ」

「どうしてだい」

「下手にかけりゃ、そのまま飛び込むかもしれねえしな……」

寅吉は本当に米蔵のことが好きなのであろう。まるで恋人のことでも語るように、いい笑顔になって、「叱ったり、変に諌《いさ》めたり、なだめたりしてもダメなんですよ。俺も一度は死のうと決心したから分かるんだ。あの米蔵さんの呼びかけ声は、本当に絶妙なんだ。だから、俺もあんな人になりたくて、団子を作り始めた……」

「じゃあ、米蔵は、自害から救った人の後の面倒まで見てるっていうのか？」

感心するというよりも、逸馬は奇異にすら感じた。米蔵という男の胆力の強さもそうだが、何故にそこまでするようになったのか、そっちの方を知りたくなった。そんな逸馬の思いを見抜いたように、寅吉は言った。

「だめですよ、旦那……理由なんか聞いても、つまらないと苦笑いするだけですよ。俺だって知ってるのは、昔、大坂で町奉行所の同心をなさってたということくらいです」

「町方の同心……」

「へえ。矢沢米蔵さんです。でも、俺はそんな昔のことなんか、何も知らなくていいと思ってる。米蔵さんは、無理矢理にじゃなくて……そうだな、春の陽射しみたいに、ぽかぽかしてるから、心地いいんだ。米蔵さんが、どうしてそんなことをしてるかって？　旦那……仏様に向かって、どうして仏様なんだって、旦那は訊きますか？」

「…………」

「そういう人なんです、米蔵さんは」

決して明瞭な声ではないが、訥々《とつとつ》と思ったことを喋り通した寅吉の顔には、団子を焼いていたときのような暗い表情は消え、満足げな笑みすら浮かんでいた。

そこへ、冷たい秋風が吹き込んできた。同時に入って来たのは、米蔵だった。佐和は驚いて見やったが、

「旦那……」

と奥の小上がりに逸馬と寅吉の姿を確認した米蔵は、安堵したように近づいた。そして、軽くこつんと寅吉のおでこをつついて、

「ばかやろう。泥棒と間違われて連れてかれたって、町木戸の番人に聞いたから、びっくりしたじゃねえか……旦那、申し訳ありませんでした」

と米蔵は深々と頭を下げた。

「何も悪いことはしてねえよ、こいつは。それよりも、いい話を聞かせて貰った」

「はあ？」

「おまえさんが、あんな辺鄙《へんぴ》な所で団子屋をやってるわけがよ。〝ただの団子屋〟じゃないみてえだな」

「……………」

「とんだ〝わけあり団子〟だ」

逸馬が温かい目で見つめたので、米蔵も事情を察したらしく、少し照れくさそうに笑みを零《こぼ》した。

「どうだい。ちょいと一杯」

「有り難いですが、色々と仕込みなどがありますので、また改めて」

「そうかい。今度、『米蔵店』に邪魔していいかな」

「いいですが……」

「あんたがやっているようなことは、本来、町奉行所でやらねばなるまい。そのことも含めて、ご教示願いたい」

素直に頭を下げる逸馬に、米蔵はとんでもありませんと首を振った。だが、逸馬の爽やかで真っ直ぐな気持ちは分かってくれたようだ。

そんな二人を、佐和は白木の台のむこうから、微笑んで眺めていた。

五

信三郎が駆けずり廻ったにも拘《かか》わらず、結局、盗っ人一味を捜し出すことは出来なかった。そもそも寺社奉行に出仕している信三郎の役目とは関わりがないから、そこまで必死になることはないのだが、盗みをする輩《やから》など断固許せない気性なのだ。

熱意は逸馬に勝るとも劣らなかった。それに、いつ自分の屋敷が狙われるかもしれない。むしろ、襲って来ることを願っていた。すぐさま、一刀両断にするか、町奉行所に突き出すつもりである。

ずっと書物ばかりに埋もれて仕事をしていた信三郎は、

——評定所まで出かけてきます。

と無理に用事を作って、寺社奉行の屋敷を出た。そして、昨夜、探し回った所を、また探り始めた。もちろん、逸馬に話して、町方同心や岡っ引なども、引き続き探索をしていたが、信三郎は浜町近くで消えた二人組のことが気になって、しょうがなかったのである。

それには少々訳がある。

今まで、続けざまに入られた武家屋敷を洗ってみると、実はすべて、過日、執り行われた評定で上がった名前ばかりだったのである。何の評定かといえば、

——渋谷村にある山を崩して雑木林をすべて伐採し、青梅《おうめ》街道のような新たな街道を作り、内藤新宿のような宿場にし、さらに大名や武家屋敷を作る。

という計画が、水野忠邦主導の幕閣内で持ち上がっているのだが、それを今後速やかに実行するかどうかの評議だった。

賛成と反対が半々くらいだった。理由は様々あるが、賛成派は新たな公儀普請をすることによって景気を上向きにさせたいということで、反対派は只でさえ苦しい財政を圧迫して、幕府の屋台骨を壊しかねないということだった。

その反対派と思われる旗本の屋敷ばかりに、盗っ人は入っているのである。信三郎

はその事実を寺社奉行につきつけたが、

——たまさかのことであろう。

で一蹴された。たしかに、盗みは盗みだが、大騒ぎをするほどのものでもない。盗っ人に入られる武家のたがが緩んでいるのだと言うだけであった。

そういえば、寺社奉行自身は渋谷の開拓に賛成の一人だったなと信三郎は思い至った。余計なことを言ったかもしれぬと反省して、己一人で片づけようと考えたのである。

そのためには、盗っ人を捕らえることこそ、真っ先にすべきことだ。〝実行犯〟に口を割らせれば、盗みの理由が分かろうというものだ。だから、信三郎は躍起になっているのだが、盗っ人を捕らえることができれば、

——賛成派の誰に頼まれたか。

を追及することで、美しい渋谷村を公儀の勝手だけで壊すことはなかろうと考えていた。

事実、新たな公儀普請は、雇い人を増やして景気をよくするとはいうものの、一部の材木問屋やその利権に群がっている幕閣たちが得するだけの話だと、信三郎は思っていた。だから、その野望をぶっ潰そうと考えていたのだ。

そんなことを思いながら、浜町周辺を探していると、屋台の二八蕎麦屋が支度をしているところに出くわした。

逸馬が話していた、吟味方改役の西田兵庫介の屋敷の近くで見かけた奴かもしれぬと思って、さりげなく尾けた。

「もしかしたら……」

屋台を担いでいるのは三十そこその屈強な男で、腓脛《ふくらはぎ》などを見ると、ただの蕎麦屋とは思えなかった。飛脚のような、こんもりとした筋肉がついており、周辺を見回す目つきも只者とは思えなかった。

かなり剣術や柔術の修練を積んだような物腰である。

そっと尾けると、やはり駿河台の一角にある、新見治部太夫《にいみじぶだゆう》という旗本屋敷の前辺りで、屋台を据えた。

「新見様……寄合旗本筆頭だ」

寄合旗本とは、無役ではあるが、三千石以上の大身の旗本のことである。その集まりの筆頭は当然、幕政に対して大きな意見を持つことができる。実権はないが、権威はあるので、寄合旗本たちの意見を無視することはできない。

新見は、渋谷村開拓という名の公儀普請には反対の立場を取る旗頭であった。代々住んで来た村の人々の暮らしを守るとか、今でいう〝自然破壊〟に繋がるということを表向きの理由に挙げている。が、実のところは、旗本たちの拝領地が減るということを懸念しているのだ。

水野忠邦は、改革の名のもと、大名や旗本の領地を取り上げる〝上知令〟を強引に推し進めてきた。今般、普請に何百万両もの公費をかけるとなると、当然、幕府財政は逼迫《ひっぱく》する。よって、さらに〝上知令〟を強行することが懸念される。

役職のない旗本たちには、ただでさえ借金が増えている上に、益々、困窮を強いられる結果になる。ゆえに、断固、反対を貫いているのだ。

信三郎にとっては、どっちの政策が正義かということは問題ではなかった。卑怯な手を使う方が、〝正義〟ではないと思っているのである。だから、是が非でも、一連の盗みの狙いを暴いて、叩きのめすつもりである。

新見治部太夫の屋敷の表門が見える所に、屋台を置いた男は、極々自然に、炭を起こして湯を沸かし、いつでも蕎麦を湯がくことができるように準備を始めた。時折、通りかかる出商いの商人や棒手振《ぼてふ》りが目を移したが、すっかり町に馴染んでいた。

ただ、よく見ると、同じような動作を繰り返しているので、やはり本当の蕎麦屋ではないなと思えた。

するとむこうから、遊び人風の男が来た。はっきり顔を見たわけではないが、

——昨晩、逃がした男だ。

と信三郎は感じた。

「どうでえ、調子は」

「まだまだでさあ。今日も寒くなりそうだねえ」

「ああ、本当だ。蕎麦が売れるといいな」

などと二人はたわいもない話をしているが、見れば見るほど不自然に感じた。

——ちょいとカマをかけて見るか……。

信三郎はぶらりと近づいて、

「本当に寒くなったな。おう、蕎麦屋。一杯貰おうか。ついでに一本つけてくれ」

と、さりげなく話しかけた。

「相済みません。まだ火が十分に熾《おこ》ってないもので……」

「そんなことはなかろう。先程からずっと見ていたが、湯は充分、熱くなってるはずだが。それとも、蕎麦はないなんて言うんじゃあるまいな」

言いがかりをつけるような声に覚えがあるのであろう。蕎麦屋も通りすがりの男も、ほんの一瞬、表情が硬くなったようだが、必死に取り繕うように、

「お武家様。でも、本当に湯が……」
と話しかけたとき、信三郎はとっさに乱暴に屋台を蹴倒した。傍らにあった湯釜も
ドシャッとひっくり返って、湯が飛び散った。
「アチチ。何しやがるんでえ！」
蕎麦屋が思わず怒鳴ると、もう一人は懐に隠し持っていた匕首《あいくち》をつかんだ。信三郎
はそれでもまったく動ぜず、
「ほら。湯は沸いてるじゃねえか、それに、これはなんだ？」
倒れた屋台の引き出しから、縄ばしごや分銅つきの縄、蠟や釘抜きなど盗みの七つ
道具がぞろりと出てきた。
それを見た途端、匕首を抜きそうになった男に素早く近づいて、鋭く顔面に裏拳を
打ちつけるや、そのまま引き倒した。そして、後ろ襟首をつかんで着物をずらすと、
背中にくっきりと生傷がある。昨夜、信三郎が投げつけた小柄が刺さった痕だ。
「やはり、てめえらだな。盗っ人はッ」
信三郎が怒鳴ると、蕎麦屋は相棒を棄てて、そのまま逃げようとした。すると、
「佐渡吉《さどきち》！　待ってくれ」
と哀願するように、もう一人の男が叫んだ。構わず逃げ出した佐渡吉と呼ばれた男

を信三郎が追いかけようとして、もう一人の男から離れた。次の瞬間、路地から飛び出して来た浪人者が、いきなり信三郎に斬りかかってきた。

「逃げろッ」

浪人者が叫ぶと、佐渡吉と相棒の二人はまた必死に走って逃げた。信三郎の前に立ちはだかった浪人は、いかにも腹に一物ありそうな顔つきで刀を上段に構えた。

「死ねッ」

と踏み込んで来た浪人の懐の下をかいくぐるように避けた信三郎は、鋭く刀を抜き払って、相手の後ろ膝を斬り払った。浪人はがっくりとその場に崩れて、身動きできなくなった。

「さあ。おまえは誰に頼まれて、こんなことをしたのか。さっきの盗っ人たちは何処の誰なのか、きっちり話して貰おうか」

信三郎が刀の切っ先を突きつけると、浪人は俄《にわか》に情けない顔になって、

「ま、待て……斬るな……俺は何も知らぬ」

「そんなはずはなかろう」

「本当だ。奴らが……あの蕎麦屋が誰かに襲われることがあれば助けろと、そう頼まれていただけだ……本当だ」

「誰に頼まれた」

「だから、あの蕎麦屋にだ……本当だ、信じてくれ」

「てことは何か。おまえは蕎麦屋の用心棒だってわけか。それとも、俺が尾けてたのを、端《はな》から気づいていたというのか」

「そこまでは知らぬ。ただ、何かあったら助けろと、頼まれていただけだ」

哀願する浪人から刀を奪い取った信三郎は、とにかく逸馬に預けて、裏を調べさせようと考えた。

「さあ、来やがれ」

と腕をつかんで引き上げたとき、ふと振り返ると、茜の姿が見えた。信三郎の方を向いて小さく頷くと、蕎麦屋たちが逃げた方へ軽快に駆け出した。

「おい……なんだ？」

茜が雑踏に消えるのを、信三郎は怪訝《けげん》そうに見送った。

六

その夜、一風堂の離れに集まった逸馬と信三郎、そして八助は、寄せ鍋をしながら、ひそひそ話をしていた。

「俺たち、会うたびに食ってばかりいねえか？　肥ってしまうぞ」

八助がしみじみ言うと、信三郎が大口で食いながら、

「おまえが一番心配だろう。剣術の稽古なんぞしないから、もう腹が出てきてる。俺は散々食っても肥らぬからな」

「その気のゆるみが死を招く」

「そっくりそのまま返すよ。俺はパチ助と違って、毎日が緊張の連続であるからして、決して気持ちも腹もゆるまない」

「あ、そういや、近頃、ゆるいんだよな腹が……書き物してても辛くてさ」

「食ってるときに言うなッ」

信三郎が箸を置いたとき、逸馬がふうっと深い溜息をついた。

「なんだ、大将。おまえまで腹が下ったか」

と八助が問い返したので、信三郎は酒をぶっかける真似をした。

「あの浪人者だがな、信三郎……折角捕らえてくれたのは有り難いが、結局、何も吐かなかった。いや、本当に知らなかったようだ。蕎麦屋の用心棒として、一晩、一両という大金を貰って働いてたそうだ」

「蕎麦屋が一両なんて、ありえぬことだろうが」

「だが、食い詰め浪人だ。裏に何かはあるだろうと思っていたとはいうものの、背に腹は替えられぬというやつだ」

「それが侍のすることかッ。だから、町人に嘗められるのだ。あ、いや……そんな意味ではない。武士は食わねど高楊枝。衿を正してだな……」

「たらふく鍋食ってる奴が、食わねど高楊枝はないだろう」

八助が茶々を入れたが、逸馬は真顔のままで続けた。

「ま、その浪人も俺たちと同じ御家人だ」

「俺は旗本だ」

と、また八助が話の腰を折ったが、逸馬は柳のようにかわして、

「あいつは役職を失ったが、女房子供を養わねばならぬ。だから、危うい仕事だと思ったが、手を染めたのであろう」

「盗っ人と知っていたのか」

「かもしれぬとは思ったが、奴らが盗んでいるのは、高々数十両。しかも、取られても大して困らぬ武家からだ。罪の念は薄かったんだろうよ。しかし……」

「しかし？」

「信三郎、おまえが睨んだとおり、盗っ人の本当の狙いは金じゃなかった」

「うむ。やはり、反対派を陥《おとしい》れるためか」

「そういや……」

と八助がまたまた言葉を挟んだ。逸馬と信三郎は期待をこめた目で見た。こういう公儀の裏事情について通じているのは、八助だからである。子供の頃からそうだ。なんだかんだと、大人の事情を知っていたからこそ、顔色を窺うのも上手だったのである。

「なんだ、二人とも、その目は」

「いいから言えよ」

信三郎がずいと迫って肩を抱き、「本当は色々と調べてきたんだろう？　おまえはそういう奴だ。ああ、いい奴だ」

「まあな……誰が命じたかは置いておいて、盗っ人の狙いは単なる金じゃなくて、人に知られたくないものを盗んだと思われるんだ」

「どういうことだ」

「吟味方改役の西田様のことでいうと、どうやら、ちょっとした不正をしていたらしく、金に困ったのだろう。時々、公儀の金を五両か十両抜いては、返せるときに返していた節がある。改役ゆえな、絶対にあってはならないことだ」

「おまえは大丈夫なんだろうな、八助」

「からかわないで聞け。長年やっていたらしいからな、その証拠の裏帳簿を数十両の金と一緒に奪われたというわけだ」

「つまり、開拓賛成派にとっては、反対派の弱みを握ったわけだな」

「そういうことだ。他に入られた反対派の役人たちも、接待費のことや裏金のことで、やはり公にされては困るネタをつかまれたのだろう」

「美濃部様までもか」

「俺には何かは分からないが、恐らく御役目に関わる重要なものを奪われた。それだけでも切腹モノだ。だから、賛成派はそういう相手の弱みをちらつかせて、反対の大きな声を窄《すぼ》めさせようという腹じゃないかな」

「なるほど……そうなると意気軒昂だった寄合旗本たちも、少しずつ後退せざるをえない。だから、逆に血気に逸《はや》っているのかもな」

「どうする、大将」

と信三郎が見やったとき、ぐつぐつと煮詰まっている鍋をぼうっと見ながら、逸馬は溜息をついて、

「この鍋みたいなものだな……幕政改革と言いながら、ごった煮になって収拾がつかなくなっている。正義も何もあったものじゃない。ほんとうに食えない状態になってる」

「だから、どうするんだよ」

「俺たち下っ端役人じゃ、どうすることもできねえかもしれんな」

「大将らしくないではないか。ドンと当たって砕けろって、いつも言ってるではないか」

「そうは簡単にいかぬ、信三郎」

「…………」

「いっそのこと、町人に戻った方が楽かもしれねえな」

「ふん。だったら、そうしろ。所詮は、おまえは武士の器じゃなかったということだ」

　珍しく信三郎は憤然となって立ち上がり、刀をつかむと障子戸を開けて出て行こうとした。すると、目の前の渡り廊下に、茜が座っていた。

「茜ちゃん……」

　信三郎は意外な目で見た。逸馬もちらりと目をやると、茜は小さく頷いて、

「あっ。立ち聞きしてたんじゃないですよ。ほら、ちゃんと座ってますでしょ」

「いいんだよ、茜ちゃん。一緒に鍋食べよう、ささ……やっぱり、もう食えねえかな」

八助が冗談まじりに言うのを無視するように、茜は信三郎の前に立ち上がって、

「あの盗っ人と思われる人の隠れ家をつかんできたんです」

「どうして、そんな……」

「私も何かお役に立ちたくって。だって、みなさん、いつもばか騒ぎしてるくせに、まっとうな世の中にしようと思ってる。だから、私もお手伝いを……」

「そんな大袈裟なもんじゃないよ、茜ちゃん」

と八助は意地汚く鍋をさらいながら、「みんなしがない小役人。今日一日が無事過ごせれば、それでいいって奴らなんだから」

「信三郎様……そういうことです」

それだけ言って、茜は母屋の方へ立ち去った。廊下をゆっくり歩き、奥へ消えた。

それを見届けてから、

「大将……茜がそこにいたのに気づいてたな。だから、町人に戻りたいなどと……」

「そうじゃねえよ」

「でも、これほど気配を消せるとは……俺も不覚だった。一体、何者なんだ」

「さあな」

八助だけは目がとろんとなって、

「『信三郎様……そういうことです』ってなあ、なんだか意味深長なこと言っちゃったりして、どういう仲なんですか、へへ。やっぱり惚れてんですかい。いけませんね、おまえ妻帯者であろう」

と陽気におちょくっていたが、逸馬と信三郎は長い間、沈黙していた。雲から現れた丸い月が、二人の顔を朧《おぼろ》げに照らした。

七

佐渡吉と呼ばれた蕎麦屋は、浜町は下総佐倉藩の上屋敷近くの、うらぶれた長屋に隠れ潜んでいた。

下総佐倉藩主の堀田備中守正睦《まさよし》といえば、後に老中首座となるものの、大老となった水野忠邦に蟄居《ちっきょ》させられるという曰くつきの関係である。もっとも、この時には特段の関わりはない。ただ、佐倉藩は寄合旗本同様、幕府の強引な手法には日頃より反対を表明していた。

その屋敷のすぐ裏手にあった長屋からは、水野施政の反対派急先鋒とも言える佐倉藩の動きが探れるので、丁度よい場所柄であった。

長屋の一室では、佐渡吉が弟分の茂八《もはち》とガタガタ震えながら話していた。

「なあ、兄貴。そろそろ足を洗った方がいいんじゃねえか」

と茂八は一晩中震えていたようで、自分の体なのに思うようにならないことに、苛立ちすら覚えていた。

「気が小せえな、おまえは」

「けどよ。俺に小柄を命中させたのは、公儀のお役人で、一緒に追って来てた奴も町方の与力ってじゃねえか。もう、逃げられっこねえ。このままじゃ……」

「諦めるな、茂八」

と佐渡吉は火鉢を、茂八にもっと温まれと押しやった。

「俺はその昔……ある人に、この命を助けられてな、その人に教えられたんだ。人間はどんなことがあっても諦めたらいけない。諦めた瞬間に、何もできなくなる。生きる術は百万通りある。まずは生きろ。四の五の言うのは、それからでも遅くないってな」

「生きろってもよ、捕まりゃ獄門台だ」

「獄門台に架けられたとしても、最後の最後まで諦めちゃならねえ。それに、安心しろ。俺たちには鳥居耀蔵様がついている。捕まりっこねえんだ」

「だな……」

その時、ことりと物音がした。

佐渡吉もびくっとなって振り返ると、表戸の障子に人影が映った。二人が息を飲んで、見ていると、ゆっくりと戸が開いて、信三郎が入って来た。

「あっ、おまえは……！」

どうしてこの隠れ家が分かったのか、佐渡吉は不思議そうだった。

「鳥居様がなんだって？」

「…………」

「あの御仁は不要になった者は遠慮なく切り捨てるそうだ。可愛い部下でも容赦なくな。だから、おまえらみたいなダニは、それこそ屁で消される」

佐渡吉は鋭く目を細めて睨み返していた。

「俺の言うことを聞いて、素直に白状した方が身のためだぜ。十両盗めば首が飛ぶというが、誰かに操られてたのなら話は別だ」

「だ、黙れ」

「勘定吟味役の屋敷に入ったのも、他の屋敷に入ったのも、そこのお武家の弱みを握るためであろう。水野様や鳥居様の思惑通りにな」

凝然と見やった佐渡吉を見て、信三郎は図星だと睨んだ。

「もっとも、おまえたちは所詮はこそ泥。重要なことは知らされてないのかもしれぬが、やってることは、鳥居様の密偵と同じだ」

「密偵……知らん」

「おまえが知ってようが知っていまいが、利用されてたことは間違いあるまい」

信三郎はにやりと冷たい笑みを零して、「どうして鳥居様が手のうちの密偵を使わぬか分かるか？　万が一、しくじって捕らわれたとき、大きな失敗になるからだ。だが、おまえたちなら、自らの手で泥棒として裁くことだってできよう。何をどう言い訳しようとな」

「……………」

「俺は違うぞ。さ、正直に話せ。さすれば、道は開かれる。本当の道がな」

茂八の方はすっかり観念したかのように項垂《うなだ》れていたが、佐渡吉はギラギラとした眼光でじっと睨んだままだった。

一歩、信三郎が近づいた途端、佐渡吉は、
「くらえッ」
と火鉢を蹴倒して、茂八を押しやると、奥に逃げ込んで、どんでん返しになってい
る壁の向こうに消えた。裏口からすぐ小さな掘割に続いており、逃げるための小舟が
停まっていた。
佐渡吉は素早く乗り込むと艫綱《ともづな》を鉈《なた》のような刃物でスパッと切って、慣れた手つき
で櫓を漕ぎ始めた。櫓の軋む音がすうっと遠ざかったが、その行方を見ていたのは
――逸馬だった。
掘割の先が何処にどう流れているか熟知している逸馬には、まったく慌てる様子は
なく、すでに茂八を捕らえている信三郎に、
「そいつは任せたぞ。知ってることはぜんぶ吐かせといてくれ」
と投げかけるように言ってから、掘割沿いの道を歩きはじめた。
水路が幾つか交錯している所に、佐渡吉の舟は停まっていた。覆い被さった筵《むしろ》の中
に姿はなく、陸に上がって何処かに身を潜めているのであろうが、周りは高い蔵の壁
だらけである。戻り道は、逸馬が来た路地しかない。
――ここからは逃げることができないはずだが……。

ともう一度、辺りを見回していると、路地裏にぶらさがっている縄ばしごが見えた。激しく揺れているところからして、今し方登ったばかりであろう。

「やろう……」

逸馬も身軽に縄ばしごに手足をかけて登ると、蔵の屋根の遠い向こう、火の見櫓の梯子《はしご》に飛びついているのが見えた。

「逃がすか、ばか」

と逸馬は縄ばしごから飛び下りて、十手を見せて、蔵屋敷の間を抜けながら、火の見櫓の方に急いだ。さすがに盗っ人の足には敵いそうにないが、先回りをすることだけは得意としていた。小さい頃から、鬼ごっこの鬼は大好きだったのである。

ひらりと飛び下りた佐渡吉は、近くにある矢場に飛び込んだ。そのまま裏手から、一旦、来た道に戻り、隅田川まで逃げるつもりである。

だが、矢場の裏手に飛び出たとき、そこには逸馬が立っていた。

すっと紫房の十手を突きつけたが、佐渡吉の方もにたりと笑うと、まるで「鬼さん、こちら」とからかわんばかりに軽く身を翻《ひるがえ》して、別の路地に飛び込んだ。まるでイタチの追いかけっこである。逸馬もそれを楽しんでいるかのように駆け廻った。

幾つかの路地を抜けると、やがて——。

佐渡吉はひとつの長屋の木戸口から、勢いよく奥へ飛び込んだ。

「これで、雪隠《せっちん》詰めだな」

と逸馬は思った。長屋の奥には大抵、厠《かわや》があって、行き止まりになっている。

木戸口に立った逸馬は腰の刀をぐいと握り締めたが、長屋の名を見て驚いた。

そこは、『米蔵店』と書かれている。

――あっ、団子屋の……！

逸馬の胸に突き刺さるような痛みが走った。すぐさま追って入ると、そこには五歳くらいの小さな娘を抱き締めた佐渡吉が、匕首を抜き払って、興奮して待っていた。

「来るな。それ以上、近づくと、この子をぶっ殺す」

「よせ。その子に何の関わりがある」

「うるせえ。てめえが追って来るからこうなるんだよッ。帰れ、とっとと行っちまえ」

それまでとは違って、ガラリと人柄が変わったように、佐渡吉はいきり立っている。このままでは、何が起こるか分からない。子供は涙を流して泣き出したが、大声を出すのは我慢している。

「落ち着け、佐渡吉。こんなことをして何になる。罪を重ねるだけだぞ」

「黙れ、黙れ。てめえら、役人の言うことなんぞ、俺は聞かねえぞ、ああ、金輪際《こんりんざい》聞くもんか。利用するだけ利用して……そう言ったな。おまえも同じ穴のムジナじゃないのか」

「やはり、おまえは誰かに使われていたのだな。ただの盗っ人じゃなかったのだな」

「余計な話はいい。どけい！ でねえと……」

と佐渡吉が子供を刺す真似をすると、逸馬はゆっくりと後ずさりした。

その時、木戸口近くの一軒から、騒ぎに気づいた米蔵が出てきた。手には刀を持っている。やはり元は大坂町奉行所同心である。米蔵が険しい顔で睨みつけると、一瞬、訝しげになった佐渡吉の顔色が変わった。

「貴様ッ……その子から手を放せ」

「…………」

「何をやらかしたか知らぬが、その子は儂《わし》の孫娘だ。今すぐ放さないと、てめえこそ、ぶった斬るぞ」

今にも踏み込みそうな米蔵を、逆に逸馬の方が制した。相手をさらに激させるようなものだからである。だが、勇ましい祖父の姿を目の当たりにしたせいか、

「じ、じぃじ……助けて……」

と娘が消え入るような声を洩らしたとき、ほんの微かに、佐渡吉の腕が緩んだ。逸馬はすぐにでも躍りかかりたかったが、間合いがあり過ぎる。じりじりと近づこうとすると、佐渡吉はまたぐいっと力を入れて娘を抱きすくめた。

だが、米蔵は鋭く睨みつけたまま、

「放せ！　放しやがれ！」

と江戸中に響き渡るかと思えるほどの声で怒鳴った。その勢いに怯んだのか、佐渡吉は手にしていた匕首を握り締めたまま、魚を逃がすように娘を放した。娘は一目散に米蔵に向かって駆け出した。

すると、佐渡吉は匕首で自分の喉を突こうとした。

「やめろッ」

とっさに駆け寄った逸馬は、鋭く刀を抜き払って、その刃を弾いた。カキンと鐘のように鳴ると同時、匕首は地面に打ち落とされた。素早くそれを蹴ると、逸馬は佐渡吉の首根っこをつかんでねじ伏せて、

「佐渡吉。奉行所まで来て貰うぜ。しっかり絞ってやるから、観念しやがれ」

険しい声で打つように言うと、佐渡吉はぐったり項垂れ、米蔵の胸に飛び込む孫娘

の姿を見ながら、

「申し訳ないことをした……勘弁してくれ……勘弁して下せえ、矢沢の旦那」

と泣きそうな声をかけた。

米蔵も名を呼ばれて、不思議そうに佐渡吉を見やった。

「覚えちゃいねえだろうが……俺は大坂で、あんたに命を助けられたんだ」

「…………」

「商売が傾いて、借金まみれになったから、俺は天満《てんま》橋から飛び下りて死のうと思ってた。そしたら、そこを通りかかったあんたが、呼び止めてくれたんだ」

女房子供にも逃げられて、天涯孤独になってしまい、借金取りからも毎日、地獄のような催促で、

――もう死ぬしかない。

佐渡吉は重い石を幾つも抱いて、真冬に氷のような川に飛び込もうとした。そこに、火の番と一緒に来たのが米蔵で、

『おい、一緒にうどんでも食わんか』

と声をかけてきた。死ぬ覚悟の佐渡吉だったから、そのまま欄干を越えようとしたが、米蔵は淡々と、

『今日の水は冷たいぞ。ああ、寒時《かんじ》は闍梨《じゃり》を寒殺し、暑時《しょじ》は闍梨を熱殺す……と言ってな、死んだつもりで生きれば、何とかなる。のう若いの。この世の悩みや揉め事は、この世で解決できるのだぞ』

と言って、そのまま手招きして橋の袂近くにあったうどん屋に連れて行った。もう火を落とすところだったが、米蔵は無理矢理、湯釜を沸かさせて、佐渡吉にうどんを食わせた上にちょっとした金を与えた。

「俺はあの後……必死に頑張りました。でもね……上手くいかなかった……思うようにはいかんかった……そやから俺は……」

少しずつ上方訛りになって、「盗っ人稼業に身を沈めたんです。どんなことをしてでも、生きていけ……死ぬ気になったら、なんでもできる。そう教えてくれた旦那の言葉どおり……いや、本当はこんな生き方はしたらあかんかった……重々、承知してます……でも、死んではならん。生き方は百万通りある。まずは生きろ……旦那のその一言だけを、心の灯にして……」

米蔵は複雑な思いで見ていた。何も言わずにじっと聞いていた。

「申し訳ありませんでした……俺みたいな男は、やっぱり、あの時、死んでおけばよかったんです。死んでおけば……」

すべてを吐き出すように言って、噎《むせ》び泣きする佐渡吉に、

「もういい。おまえを助けたことなど、儂は一々、覚えてない。すまぬ」

と頭を下げて謝った。

「え……」

「助けるのならば、もっときちんと助けるのだった。おまえに声をかけて、うどんを馳走してやって、少々の金をめぐんでやる。それで人助けをしたと、いい気になって
たのは俺の方だ……すまん……その時、もう少し、腹の底から親身にしてやってたら
……おまえは、こんなばかなことをしでかさなかったかもしれんな」

静かに言いながら、米蔵は膝をついたままの佐渡吉を見下ろしていた。

——な。仏様みたいだろう。

長屋の一角から見ていた寅吉が、逸馬に目顔で言った。しかし、逸馬は素直に頷く
ことはできなかった。

——どうして、そこまで己を責めなければならぬのだ。

その思いの方が強かった。

八

数日後、逸馬はぶらり、お茶の水の団子屋に立ち寄った。

「団子と茶を貰おうかな」

と声をかけると、団子を練っていた米蔵が振り返って頭を下げた。

逸馬が辺りを見回すと、団子を焼いているはずの寅吉の姿がない。

「おや、寅吉は？」

「ちょいと、その辺りをぶらぶらと……寒くなると、何故か身投げが増えるもんでしてねえ。だから……」

「見廻りってわけかい」

「へえ」

逸馬は床几に座って、すぐさま差し出された茶をふうっと飲んでから、

「それにしても、感心するよ。あの長屋の住人を、ぜんぶ面倒見てるなんて」

「とんでもないことで」

「やはり、それは……折角助けても、なかなか、きちんと人生を歩めねえってことへ

の申し訳なさなのかい？」

「…………」

「でも、そこまで自分に責任を押しつけることはねえと思うがな」

「性分でして」

「そうじゃないだろう？　いや、それこそ、あんたを責めにきたんじゃないんだ。素直に教えて貰いたいんだ」

「教える？」

「ああ。俺は……世の中の困っている人を見つけたら、何がなんでも助けたい、救いたいって思ってる。青臭く感じるかもしれねえが、それが正直な気持ちだ。ほんとうに、まっとうに真面目に額に汗してる者ほど、理不尽な目に遭うことが多いからな」

「…………」

「あんたも、そうだったんだろう？」

と逸馬は深い同情のまなざしを向けて、「勝手に調べさせてもらったよ……先日の孫娘は、娘さんが残した、たった一人の子供……あんたと血の繋がりのある唯一人の子だってな」

「調べたんですか……では、あのことも……」

「ああ。大変な思いをしたんだねえ」

米蔵が大坂東町奉行所で同心をしていた頃のことである。たまたま買い物に出かけた女房と娘が、暴漢に襲われて死んでしまったのだ。他にも何人か犠牲者が出た。下手人は世の中を悲観して、やけくそで刃物を振るった奴で、いわば通り魔みたいなものだった。

その愛する者の理不尽な死によって、人の命の大切さが分かったのか、と逸馬は感じ入っていた。が、そんな甘いものではなかったと、米蔵は言った。

「では、どうして、そこまで人のために？」

「人のため……そうかもしれぬが、自分のためでもある。妻子への供養かもしれぬ」

「……まだ、何かあるのだな」

「旦那。どうして、そこまで知りたがるのです？　人には言いたくねえこともあるでしょう。ましてや自分の話なんぞ……」

と米蔵は口を閉じた。

もちろん、逸馬は無理強いするつもりはないが、佐渡吉を吟味したときのことを話して聞かせた。

「佐渡吉は、罪を素直に認めて、三尺高い所へ登るのを決意したよ。連れの茂八の方は、死罪になるようなことはやってねえと言い張ってたが、何故か佐渡吉は、あんたに申し訳ないことをした……助けて貰ったのに、まっとうに暮らすどころか、いい加減に生きてきたことを悔やんでた」

「……」

「だから、謝ってくれと、何度も何度もな……」

「そうですか……」

「でもな、奴らは以前、一度は南町奉行所の者に捕らえられて、小伝馬町《こでんま》送りにされたらしい。ところが、鳥居様が話を持ちかけたってんだ」

「話？」

「ああ。自分の手下として働けば、牢から出してやると……」

逸馬は忌々《いまいま》しい表情になった。

「鳥居様は、佐渡吉と茂八に、盗みに入る屋敷の目録まで作り、そこから日誌や帳簿、なんでもいいから盗んで来いと命じた。ついでに、金を盗むのも大目にみてやる。いや、それを給金と思え。ただし千両箱なんぞを盗むと庇いきれぬぞ、と念押ししたらしい」

「まさか、そんなことが……」

「あるとは思えまい？　誰だってそう思う。だから、うちの遠山様が、鳥居様に直談《じか》判しても、知らぬ存ぜぬの一点張り。いずれ、評定所にて詮議をするだろうが、こそ泥の言い分なんぞ、誰も信じまい。事実、佐渡吉と茂八は、牢抜けしたことになっていた。それだけでも死罪だ」

「…………」

「どう思う。鳥居様とは、なんともはや、奉行の……いや人間のすることではあるまい。だが、その後、佐渡吉と茂八はどういう心境の変化か、自分たちが勝手にやったことだが、怖くなって誰かに命じられたことにした方が、刑が軽くなると思った……などと言いはじめたのだ」

逸馬の話に、米蔵も苛立ちを覚えてきたようだ。何が正義で、何が不正義か、分からなくなってきたのだろう。

「俺は、本当に米蔵さんに申し訳ないと思うのなら、正直に話せと何度も促したのだが、そのまま押し黙ってしまって……」

と逸馬は少し声を詰まらせて、「二人とも、小伝馬町の牢内で首を吊って死んだ。真実を話さぬままな」

「！　……」

「俺たちには見えない大きな影が、何処かで蠢《うごめ》いているようだ。ほんのすぐそこまで、手が届きそうな所にまで、悪党の姿が現れたのに……口封じに殺されたのであろう」

逸馬は深い溜息をついた。

「もちろん、遠山奉行はあの手この手を使って、真相を探っているところだが、巨大な権力というやつは、それこそ霞か雲か分からぬ、捉えどころのないものがあって、逆らう者は潰されてしまう」

「…………」

「あんたも、同じような目に遭ったんだってな……矢沢米蔵って同心は、大塩平八郎が最も信頼を置いていた同心だったそうじゃないか」

静かに見つめる逸馬に、遅くなりましたとみたらし団子を差し出して、

「旦那。どうして、そこまで私のことに拘《こだわ》るのです？」

「言っただろう？ あんたの爪の垢を煎じて飲みたいからだよ」

「冗談を……からかっているのですか」

「まあ、聞いてくれ。佐渡吉が黙りこくったのは、鳥居様の脅しではなくて、あんたを庇うためだったんじゃねえか……俺はそう思ったんだよ」

「私を庇う？」

「うむ。あんたが大坂にいた頃、丁度、東町奉行として、跡部山城守良弼様が赴任したろう？　知ってのとおり、老中水野様の弟君だ」

「…………」

「当時は、東町与力の大塩平八郎、西町与力の内山彦次郎が対立していて、お互い火花を散らしていたが……西町与力の内山が、東町奉行に協力をして、何かと逆らってばかりの大塩を陥れようとしたらしいな」

「遠い昔の話です……」

「だが、あんたは常に、大塩様を守るために、矢面に立っていた。だから……」

逸馬は少し言い淀んだが、思い切ったように続けた。

「だから、あなたの妻と娘さんは、犠牲になった。たまたま暴漢に襲われたと見せかけられて……だから、あなたは同心を辞めて……仇討ちを誓った」

「待ってください、藤堂様」

米蔵はキッパリと遮った。

「それじゃ、まるで儂が水野様や跡部様に怨みでも抱いて、この江戸で暮らしてるとでも言いたげじゃないですか」

「違うのですか？　少なくとも、佐渡吉は、あなたのその昔のことを知っており、無念さを知っていた。助けた晩、うどん屋で、その話を寂しそうにしたんでしょう」

「覚えてないな。本当に……あの佐渡吉を助けたことなど、覚えてないんだ。だから、そのことが、儂のダメなところなのです」

「どういうことです」

俯いたままで、米蔵は続けた。

「儂の妻子を殺した下手人は……実は、儂が、気紛れに助けた奴なのです……」

「ええ？」

「昨日の佐渡吉と同じですよ。自害をしようとした若者を助けた……けれど、そいつは、生き延びてから一年後、とんでもない悪党になっていて、たまさか、儂の女房と娘を殺したんだ」

逸馬の全身に衝撃が走り抜けた。

「儂はそいつを殺したくて殺したくてしょうがなかった……助けるんじゃなかった。そしたら、妻子が殺されることはなかった……そう思って何日も何ヵ月も苦しんだ」

「……………」

「けど、思い至ったのは……ただ助けたという、それだけでよかったのかどうか、という自問自答だった……助けた後、どうしてやるのか。それも含めて、救ってやることになるのではないか……」

米蔵は少しずつ気が昂ぶってきたのか、頬を紅潮させて、語気を強めた。

「自害を止めた後、きちんと心も救ってやっていれば、女子供を殺すような男になることはなかった……儂は、そう思うようになったんだ。うん……それを女房と子供が、体を張って教えてくれたと思ったんだ」

「そんな……」

逸馬は圧倒されて聞いていた。人とはそこまで、己の不幸を踏み台にして強くなれるのか。他人のために自己犠牲ができるのか。

「だから、儂は……」

と米蔵は穏やかな顔に戻って、「少なくとも、自分が助けようと思った人には、最後まで……その人が、きちんと生きていけるまで面倒を見たいと」

「…………」

「もっと多いのは……助けても、結局、後でまた自害の道を選ぶものです。それも阻止しなければ意味はない」

毅然と言い切る米蔵の言葉を聞いて、

——まだまだ修行が足りぬな。自分の正義感がいかに小さなものか、独りよがりのものかという
と逸馬は思った。

ことを痛切に感じた。

「八風《はっぷう》吹けども動ぜず天辺《てんぺん》の月……ということを、大塩様はよく言っておられた」

米蔵は懐かしそうに遠くを眺めながら、「この世の中は波風ばかりだが、それを受けながらも、正々堂々と生きる……というような意味です。私は大塩様のように、巨悪に立ち向かうような真似はできない。でも、たった一人でもいい……きちんと人を救いたい。それだけなんです」

「天辺の月……」

まだ日は暮れていないが、東の空に下弦の月が白く浮かんでいた。

「遅いな、寅吉は」

鬱蒼とした森の奥の方を見やった米蔵の目に、寅吉が誰か若い女を連れて来る姿が映った。一目で、危ないところだったなと分かった。万策尽きたように見えても、まだ道はあるはずだ。

佐渡吉から聞いた、

——この世の悩みはこの世で解決できる。

という米蔵の言葉を思い出した。

「それを見守っているのが、あの月というわけか……その人、奉行所で預かろう」

逸馬はそっと手を差し伸べた。

第四話　紅葉《もみじ》散る

一

近頃、ずっと誰かに尾けられている気がしていた。

勤めを終えて奉行所を出てから、逸馬は両国橋西詰界隈の繁華な通りを、ぶらぶらしながら、〝実家〟のある方へ足を進めた。生まれは人形町の町名主の家。与力になって、相当な年月が経っているのに、未だに町人の癖が抜けきれない。

――そこのところが、遠山様のお気に入りなのかもしれませんよ。

小料理屋『佐和膳』の女将はそう言ってくれるが、取り立てて奉行から、お褒めの言葉を戴いたこともない。淡々と目の前の案件を、吟味与力として繰り返し処理しているだけだ。もっとも、たまに走りすぎることがあるが、逸馬から無謀な気概を取ったら、〝大将〟と渾名《あだな》される意味がないであろう。

路地に折れて、ふと振り返ったが、尾けて来ている人影はない。だが、冬が近くなったこの寒空に加えて、背中がぞくっとするような冷たさを感じるのは何故だろうと、逸馬は首を傾げた。

一杯ひっかけていこうと『佐和膳』の前に来たとき、丁度、暖簾《のれん》を出している女将の佐和がいた。声をかけようとすると、十歳くらいの男の子が奥から出て来て、

「じゃあね。おばちゃん、ありがとう！」

と屈託のない笑顔で、腰を直角に折ってお辞儀をすると、物凄い勢いで突っ走って行った。その後を黒っぽい柴犬が追いかける。江戸の夕暮れの中、ほんのひとときにホッとするような光景だった。

「あら、大将」

佐和の方から声をかけてきた。いつものように艶やかな笑みだが、少し乱れた髪に銀簪が揺れているのが、また色っぽい。

「今の子は？　まさか隠し子じゃあるまいな。しかも、お奉行との」

「冗談はよしてくださいな。でも、あんな子が自分の子なら、頼もしいわねえ」

「よく来るのかい？」

「たまにね。本当に親思いのいい子なんだよ……さ、お入ンなさいな、冷えてきたわ」

暖簾をくぐって店の中に踏み込むと、足下がほんわか温かい。白木の一枚板に沿って、床に丸竹が敷いてある。その中にお湯を流しているというのだ。寒くなると客の足も冷たかろうと、ちょっとした配慮である。

湯を流し続けているわけではない。手間がかかるように見えるが、意外に簡単な仕組みなんですよと、佐和は笑った。水車と鹿威《ししおど》しのような仕掛けを利用して循環させ、時々、熱い湯を足すのだという。

「いつもながら、女将の気遣いには感服するよ」

「褒めたって何も出ませんよ。今日は下《くだ》り酒のいいのがあるから、まずは〝生《き》〟でいきますか」

「いいねえ。それから、おでんを適当にみつくろって頼まあ」

「あいよ」

逸馬は差し出された酒をくいっとやってから、厨房の〝チロリ〟という燗酒用の器で温めはじめた佐和の仕草を見ながら、

「さっきの子……どっかで見かけたことがあるなあ。犬ころと一緒にいた子」

「そういえば、『一風堂』にも少しの間、手習いに通ってたはずよ。仙人だったら、よく知ってるかもねえ……栄市《えいいち》って子。でも、おっかさんが長患いでね……目と心の臓が悪いらしく、針仕事もろくにできないらしいんですよ」

「ふうん。そんなことは微塵も顔に出さねえ明るい子だな」

「ええ。そこがいじらしくてね、時々、買ってあげてるんですよ」

「蜆《しじみ》売りでもしてるのかい」

「それが、あの子、結構、商売っけがある子でね。大きくなったら、結構な身代になるかもしれないわよ」

「そりゃ、楽しみだな。で、何を扱ってるんだ？」

「春は筍。秋は松茸」

「ほう……」

「しかも、自分だけが知っている秘密の里山があるらしくてね、そこから採って来て、山谷の『八百善』だの深川八幡の『平清《ひらせい》』という高級な料亭に入れてるらしいわよ」

「あの子がか？」

「ええ。一流の板前さんが、お墨付をくれるくらい、いいものばっかりを揃えてくるんだって。ふふ。でもね、それが何処で採れるかは内緒だって。『てめえの暮らしがかかってるからよう』だってさ」

佐和は実に楽しそうに、栄市という子の話を続けながら、おでんとともに惣菜を差し出した。逸馬は感心しながらも、

「じゃあ、松茸が入ったわけだ。土瓶蒸しでも貰おうかなあ」

「貴重なものだから、私一人で楽しもうと思ったのに」

「なんだか、意味深だなあ」

「おや、大将も嫌いな方じゃないでしょ」

二人はくすくすと笑いあって、しばらく差しつ差されつ、灘から来たばかりの下り酒を楽しんだ。

それにしても、松茸の山を知っているとは、栄市という子供は只者ではないなと逸馬は感じていた。なにしろ、立派で旨い松茸がある里山は限られている。原生林が伐採された後に赤松が育ち、さらに柴刈りや落ち葉かきがきちんとされた松林にしか自生しない。さほど珍しいものだから、なかなか下々の口には入らない。

――松茸百匁（約三百七十五グラム）が米一升。

だというから、まさに高級食材である。一晩、数両が当たり前の料亭だからこそ使

えるものなのだろう。

「折角だからよ、女将。その貴重な一本。二人だけでやっちまわないかい？　信三郎や八助が来たら、目の色を変えるに決まってるから。女将と俺の内緒ということで」

「内緒ねえ」

「二人で松茸を楽しんだ。それくらいの秘密、持ってもいいんじゃねえか？」

「そうですか？　そうですよね、うふふ」

何が楽しいのか分からないが、人というものは旨いものを堪能すると幸せな気分になるものである。

だが、その旨いものを運んでくる栄市に、とんだ不幸が舞い込んで来ようとは、逸馬といえどもまだ気づいてはいなかった。

二

江戸城本丸黒書院には、主だった老中若年寄と勘定奉行や寺社奉行、さらには幾人かの十万石以上の大藩の江戸留守居役が、一堂に会していた。

老中首座の水野忠邦を中心とした改革に伴う、新しい〝開拓〟の計画について審議がなされていたのである。

ずらりと居並ぶ幕閣に混じって、末席には南北の町奉行もいる。鳥居甲斐守耀蔵と遠山左衛門尉景元《かげもと》の二人が、丁度、対面するように座していた。お互い意識して視線を合わせていない様子が、周りの者たちにも感じられ、ピリピリしている雰囲気が漂っていた。

それもそのはず。開墾開拓計画の中には、くだんの〝渋谷村〟の里山伐採も入っていたからである。この里山の問題に限らず、莫大な幕費を使っての公儀普請が必要なのか、それよりも、飢饉や天災などで喘いでいる町民農民を救済することが先決問題ではないのか、という議論が激しく戦わされていた。

もっとも、議論は平行線をたどるばかりであった。領民や江戸庶民のことを第一義にというのは表向きであって、為政者たちにあっては、本音は権勢欲と金銭欲をいかに満足させるかにあった。水野の改革は綱紀粛正と質素倹約でありながら、その裏では幕府財政を豊かにするために、様々な〝天下普請〟の行使をしていた。

「しかし、それがまこと民のためになっているかどうかということでござる」

忌憚《きたん》のない意見を述べよと水野が言ったのを受けて、遠山ははっきりと、いたずらな公儀による普請には反対だと申し述べた。

「たしかに、河川の氾濫が起きそうな護岸の普請や危険な街道の整備、山津波に襲われた村への援助などは必要でございましょう。しかし、江戸城を改修したり、船が入りもしない新しい湊を作ったり、はたまた渋谷村を宿場にして、大山参りのための街道を造るなどということは、早急にすることではありますまい」

遠山の意見を黙って聞いている幕閣連中は、ほとんどが目をつむり、遠山の話など右から左へ抜けているようであった。

「よいですか、ご一同。私は江戸町奉行ゆえ、江戸町人の立場から物申しますが、江戸四宿の他に宿場はいらぬと存じます。それと、浅草や上野、両国橋のような繁華な所も、今のところはこれ以上不要かと思います。そのようなことに大金を使うのであれば、本当に困っている病人や年寄りのために、小石川養生所のような施設を、もっと作ることの方が肝要ではないでしょうか」

「立派なご意見だが……」

と痺れを切らしたように反論の火蓋を切ったのは、鳥居であった。その人を卑しむような目を向けて、

「遠山殿の言い分では、公儀がその費用をもって病人や貧民を救えと言っているようですが、相違ありませぬか」

「当たり前でございましょう。鳥居殿は自ら働きたくとも働けぬ者、人として最低の暮らしができぬ者を見捨てるとおっしゃいまするか」

「そうは言っておりませぬ。貴殿の言い草では、ただただ町人を甘やかしているだけではありませぬか？ と申しておる」

「甘やかすですと？」

「さよう。我々、幕府の役人は、民がいかに自立して、自分の力で生きていくことができるか。そのように援助することこそが、本当の支えになると考えております」

無表情で言い切る鳥居に、遠山は少しばかり表情を硬くして、

「鳥居殿……あなたは、箸が持てなくなったり、階段を一人で登り降りできなくなったことはありませぬか？」

「………」

「そりゃ人は誰でも自分ができることは自分でするでしょう。しかし、不幸にして、どうしてもできない状態に陥った人もいるのです。いや、幸不幸はその人の心がけ次第ですから、一様に決めつけることはできませんが、本当に人の助けを必要としている人がいるのが現実です」

「だから？」

「あなた方がやろうとしていることは、人を自立させると言いながら、弱い者は放っておけという施策です」

「まったく承服できませぬな。でございましょう、ご老中様、若年寄様方々……この遠山殿は、金をばらまきさえすれば、人が助かるとおっしゃっておるが、そのようなことで物事が解決するほど世の中は単純ではございませぬ」

「いや、あなた方が複雑にしているだけだ。慈悲があれば、困った人を助けるはず。いや、助けねばならぬのです。公儀に助けを求めている者が、沢山いることが分からぬのですか」

「そこです、遠山殿」

と鳥居はギラリとさらに鋭い目になったものの、口調は淡々と続けた。

「公儀の無駄遣いの中に、貧しい者や病人に施した〝義捐《ぎえん》金〟があります。これらの実態を調べてみると、大半の輩は、嘘の申告をして、公金をかすめとっているのです。そのような事実があることをご承知か」

「…………」

「そのような悪辣な者のために、公金を使うことこそ、無駄ではありませぬか。盗っ人に追い銭のようなことは断じてしてはなりませぬ。それこそ領民が汗水垂らして貢いでくれた血税ゆえな」

もっともな顔をして見せたが、遠山にはまったく胸に響く言葉ではない。逆に、本音を暴露しただけに過ぎないと思われた。

「ならば、鳥居様。町奉行をあげて不正の給付を受けた者を洗い出しましょう。たしかに、そのような輩もいるでしょうが、庶民の中には微々たるもの……」

遠山は居並ぶ幕閣をゆっくり見回した。

「ごっそりと公金を懐する輩は、千代田の城の中にもおられようし、色々な役所の役人がネコババもしている節がありまする。のう、鳥居様。まずは隗《かい》より始めよですが……これは冗談ではありませぬぞ……私たち、町奉行所が内部の不正の一切合切を、表に引き出そうじゃないですか。庶民をどうのこうのと責める段ではないと思いますが？」

「役人が不正をしているとでも？」

「さよう。そんな役人から何を言われても、庶民は納得しないと存ずる」

と遠山は、江戸全体でどれほどの町入用《ちょうにゅうよう》がかかっているか、公儀からはどの程度の援助が必要かなどと具体的な数字をあげながら、最優先すべき事業や施策は何かを話した。だが、遠山に賛同する者は限られていた。

臨席した諸大名の江戸留守居役にしたところで、自分たちの藩の負担がどのようになるのか、それだけが気がかりであって、領民の暮らし向きの問題は二の次であった。

もし、〝天下普請〟のような形になれば、大名は石高に応じて人足を出さなければならない。千石に一人、百石に一人、五十石に一人などと時と場合によって違うが、大きな負担になることは間違いない。さらに金銭も捻出せねばならないから、〝上知令〟によって領地を幕府に奪われた上に、上納金という重荷を背負わされればたまったものではない。

だから、留守居役は色々と折衝をして、少しでも軽減して貰いたいと願っているのである。その願いのために、また賄賂がぽんぽん飛ぶのである。

遠山はそんな事実もあげつらって、

「ここにお集まりの一同の考え方を変えねば、何をどうやっても、公儀が、本当に領民町民が欲している施策はできぬと存じます。どうか、もっと庶民の目で……」

「控えろ、遠山」

業を煮やしたように言ったのは、水野忠邦だった。老中首座の立場ゆえ、幕閣たちも緊張の面持ちで、裃の擦れる音がするほどビシッと背筋を伸ばした。

「今日の評議は、おまえの独りよがりの意見を聞くためではない」

「はは」

「おまえを町奉行に任命したのは、この儂じゃ」

と水野はその恰幅のよい体で、自信に充ち満ちた濃い眉毛を逆立てて、いつでも罷免できるのだぞと言いたげに微笑した。そして、おもむろに、

「遠山。おまえは若い頃、無頼の徒とまじわり、親から勘当をされるほど、放蕩三昧の暮らしをしたことは承知しておる。芝居街の移転の話のときもそうだったが、町人のために孤軍奮闘で頑張ったのには感服すらしておる」

「…………」

「だが、政《まつりごと》とは、庶民の感覚とは慮外のところで行わなければならぬのも事実。常に大所高所に立って、大切な局面を見極めねば、それこそ庶民を誤った方に導き、かえって路頭に迷わせることにもなりかねぬ。だからこそ、新たな改革をすすめ、幕府の安泰をはかり、それによって庶民を豊かな暮らしに導くことができるのだ」

「おっしゃることは道理です。しかし水野様……」

と遠山は膝を前に進めて、水野を凝視した。罷免したければするがよいとでも言いたげな強い視線だった。

「ならば、渋谷村の開拓はどうなのですか。噂に聞けば、深川の材木問屋『美濃屋』が、ごっそりと伐採をする許諾を、ご老中から得たとか」

「さよう。一部は切り崩して、宿場にして街道と水路を整備し、新たな武家屋敷を構えて江戸の防備にも役立てる所存だ」

「されど、あの辺りに住む者たちは反対を唱えております。春には筍、秋には松茸。豊かな雑木林が広がっており、野鳥や狸などの生き物も沢山棲んでおります。それを壊してまで、宿場が入り用でしょうか」

「言うたであろう。感傷だけでは政はできぬ。庶民の暮らしを豊かにするためには、公儀が率先して、景気を上向きにするのだ。おまえは先程、まるで我らが不正に賂《まいない》を取ってでもいるような言い様だったが、以後、口を慎め」

「これは遺憾でございます。閣議でないこの場は、自由に議論できる場かと思うておりましたが、ご無礼がありましたのなら、ご寛恕《かんじょ》ください」

遠山は、これ以上言っても無駄だと諦めたが、

――なんとしてでも、無駄な〝開拓〟は阻止したい。

と腹の底で思っていた。

三

朝日を浴びて、水車がカタカタとまわっている。

その向こうに竹藪があって、栄市という子供が小さな籠を背負って、黒っぽい柴犬を引き連れてやってきた。犬が尻尾をふりふり、ワンワンと駆け出すと、行く手の水車小屋の表に座っている老人が手を振った。

「栄坊、今日は早いのう」

老人といっても、還暦を過ぎたばかりであろうか。何年か前に、卒中で倒れて、それから杖をつく暮らしをしているが、近頃は至って壮健で、たまに栄市と一緒に茸狩りをすることがあった。

水車小屋の番人のような粗末な野良着を着ているが、この老人は実はこの里山の持ち主で孫六《まごろく》という。代々、惣庄屋を任されていた家である。

千代田城の西南にあたるこの辺りは、遠い昔は〝塩谷の里〟と呼ばれていて、満潮のときには波が打ち寄せていたという。

徳川家康江戸入封の折に大名の抱え屋敷や旗本屋敷などが少しあったが、閑散とした農地が広がり、町場もわずかだった。代々木村、白金、麻布、目黒、四谷などに隣接する広い地域だが、町方支配は、広尾町、宮益町、道玄坂町、御掃除町くらいに限られていた。

渋谷川沿いにある水車小屋から、道玄坂の方に向かった所に、栄市の秘密の小さな里山はあった。

自分で勝手に、〝きのこの山〟と名付けていた。さほど色々な茸が採れるわけではなかったが、椎茸もあり、むしろ松茸より滋養がたっぷりあるから、それを干物にして病弱な母親に食べさせていた。

「孫六じっちゃん。この辺りは、昔、長者がいたんだってね」

「よう知っとるな。渋谷金王丸という人がいて、それで渋谷ちゅうんじゃ」

「へえ、そうなんだ」

「うむ。村には村の伝統や歴史があるからのう、大切にせにゃいかん」

「てことは、おいらが採ってるまったけは、遠い昔の人からの贈り物なのかなあ」

「ああ。神様仏様の恵みじゃ」

「そうかあ、恵みかあ。益々、大切にせんとなあ。このお陰で、おっかあの薬代も何とか払える。少しは元気になったような気もする。これも、孫六さんのお陰じゃ」

「いいや。おまえの鼻のお陰だぞ」

と孫六は、ちょこんと栄市の鼻をつついた。

「この鼻は、すばらしく利くからな。松茸のありかどころか、この里山のことを儂以上によう知っとる。ブナが何処にあり、この銀杏がどうで、向こうの楢《なら》が目印になるとか……のう、栄坊は偉いぞ」

「偉いのは、ポン太だ」

「犬がか？」

「だって、こいつ、松茸のある所、すぐに見つけるんだぜ。ここ掘れワンワンだ」

ニカッと笑うと一本だけ欠けている歯が、妙に愛嬌ある表情をつくった。栄市はポン太とともに、里山に向かって、勢いよく駆け出した。

今日は米二斗分くらいの収穫があった。

来たときは朝日が昇っていたが、帰る頃には夕空が真っ赤に染まっていた。

「今年は、ここまでだな」

と栄市はそう言って、微笑んだ。

「終わりか」

「うん。だって、取り尽くしたら、来年、そして再来年がダメになる。ここは森だからな。畑と違うから、ぜんぶ採ったらだめだ。これから冬になって、雪が積もって、それが溶けてしばらくすっと、今度は柔らかい筍探しだ。ハッ、頑張るぞ」

孫六は女房に先立たれて、娘はもうとっくに日本橋の商家に嫁いでいるから、暢気《のんき》な隠居暮らしである。娘には子供はいるが、町場暮らしに慣れた子供たちは、このような土臭い所には来たがらない。

だが、栄市は茸採り山菜採りをしないときでも、はるばる神田の長屋から、水車小屋まで遊びに来る。そして、日がな一日、孫六と血のつながった祖父と孫のように過ごすのだった。一人暮らしの孫六にとっても、それが一番の楽しみだった。

「ふはは。今日は今から、浮世小路の『百川《ももかわ》』と佐柄木《さえき》町の『山藤』まで届けるんだ」

と嬉しそうに栄市が笑った。いずれも江戸で屈指の料亭である。そんな料亭の板前に期待されるほどの、おそるべき小僧であった。

足取り軽く渋谷川の方へ戻ろうとしていると、栄市と孫六の前に、人相の悪いならず者が三人ほど立った。行く手を阻むように、わざとらしく孫六に肩をぶつけて、兄貴分の男が言った。

「てめえら、誰に断って、松茸を採ってるんだ？」

「誰にって、ここは儂の山だが」

「おいおい。誰にモノを言ってんだ、てめえは」

「知ってるよ。おまえら、宮益坂の半五郎一家の者だろう。大概、悪い噂ばかり耳に入ってきてるぞい」

「爺イ。口の利き方に気をつけろや。でねえと、もう一本の足も立たないようにしてやるぜ」

「そんな脅しにゃ乗らないよ。さ、行こう、栄坊」

と手を握って、孫六が里山から川に向かって下ろうとすると、いきなり足をかけて倒し、さらに蹴りつけた。

異変を感じたのか、ポン太がワンワンと吠えた。

同時に、栄市がならず者たちに、くらいつくように叫んだ。

「やめろ、この唐変木！」

兄貴分はすぐさま栄市の胸ぐらをつかんで、

「いいか、小僧。教えてやるから、よく覚えとけ。この里山は、爺イのものじゃねえんだ。深川の材木問屋『美濃屋』さんの土地なんだ。分かるか？　だから、てめえは他人様の所に勝手に入り込んで、他人様のものを盗んでることになるんだ」

と籠から松茸を一本、摘み取った。

「つまり、この松茸も『美濃屋』の旦那、数右衛門《かずえもん》さんの持ち物なんだ。おまえは泥棒をしているんだよ」

「違わい、違わい。これは、孫六さんの山。おいら、孫六さんに許しをもらって、まったけを採ってるだけだい。おまえらこそ、関わりねえやい」

「分からねえガキだな」

兄貴分はドンと突き飛ばした。弾みで籠から、採ったばかりの松茸が吹っ飛んだ。思わず、それを拾おうとする栄市の小さな手を、兄貴分はぎりぎりと履物で踏みつけた。

「い、痛い……痛いよう……」

「悪さをすりゃ、こんな程度じゃ済まねえぞ。この首が飛んで、三尺高い所に晒されることになる。怖いだろう？　だから、人の物を盗んじゃならねえ。そう教えてやってんのが、分からないのか」

「痛いよ……痛いよう」

「やめねえか。こんな幼い子にッ」

起きあがった孫六は、体当たりをするかのように兄貴分に突っかかったが、蟷螂《とうろう》の斧である。あっさり殴り飛ばされて、また激しく蹴られた。

しばらくすると、孫六は気を失った。

ワンワン吠え続けているポン太の腹を、子分が思いきり蹴った。情けない鳴き声になったポン太は少し離れて、おどおどしていた。

恐怖心で見ている栄市に、兄貴分は刃物傷のある顔を突きつけて、

「分かったな。今度、この里山に入ったら、ぶっ殺すぞ……今日のところは勘弁してやる。この松茸は、俺たちが預かっとくぜ」

ギロリとぞっとするような目で睨みつけてから、ならず者たちはがに股で地ならしでもするかのように立ち去った。栄市は悔しそうに拳を握って見送っていたが、失神したままの孫六の側に駆け寄ると、

「爺ちゃん、しっかりしてくんろ、なあ、爺ちゃん……」

懸命に揺すったが、なかなか目が覚めない。辺りは薄暗くなり、淋しくなってくる。それでも、栄市は何度も何度も、孫六を起こそうと声をかけていた。

四

北町奉行所に、孫六から訴えがあったのは、その翌日のことであった。訴訟の受付は、月番の北町で行われている。

受理された者がすぐに、裁判を受けられるわけではない。面倒で複雑な手続きがあって、翌月の非番のときに事務処理されることがほとんどである。

訴えは奉行所の前に、まず相手側の町名主や家主に起こすのが筋である。些事ならば、当人同士を名主が呼んで、相対済《あいたいす》まし、つまり和解や示談で終わるからである。

それでも解決しないときに、管轄している奉行所への訴えとなるのだが、今度の場合は、〝土地の所有権〟に関するものなので、すぐさま受領された。当番与力が十分に吟味した後、やがて町名主のもとに、出頭する日時が書かれた差紙《さしがみ》が届く。それを受け取ってから、名主に伴われて、羽織袴という正装で白洲に出かけなければならない。

孫六は年でもあるし、体力も充分ではないから、住まいのある道玄坂町の名主に連れられて来たのだが、相手側は材木問屋『美濃屋』の主人・数右衛門と番頭・吾兵衛らが居丈高に座っていた。

壇上には、逸馬が座っていて、打ち揃った訴人と被訴人を、じっと見ていた。訴状を予め読んでいる逸馬には、当然、事情は分かっているが、まず当人たちの口によって、話させることが肝心である。

訴件によっては、願人と相手方を別々に調べることもあるが、まずは本人らの言い分を聞くことから始める。その折の口調や表情、態度から、真意を見極めることもできるからだ。

「……なるほど。では、孫六。おまえは、道玄坂上の里山は、自分の山であり、土地であるというのだな」

「へえ。自分のもなんも、代々、惣庄屋を務めるうちのものです。滝田という苗字を名乗ることも許されております」

「さようか。では、聞く、『美濃屋』。そちが地主であるという証はなんだ」

「お言葉でございますが、与力様」

「構わぬから、なんなりと言え」

「町人の土地のことならば、〝沽券《こけん》〟という土地売買の証文があります。沽券地に応じて、お上から税をかけられることになっておりますから、町奉行所で調べて貰えば済む話かと存じます」

「うむ。それについては調べておる」

「ならば、その土地は、私どものものに相違ないのではありませんか」

「さよう……」

逸馬は傍らの漆塗りの文書箱から、綴本を取って見た。

「たしかに、つい一月程前に、渋谷川一体のみならず、道玄坂町、宮益町……なども含めて、白金や麻布の方に至る広い範囲が、おまえの店が持ち主ということになっているな」

「いうことになっているのではなく、それが事実なのです」

毅然と背筋を伸ばして、自信満々の顔で逸馬を見上げていた。まだ四十前であろうか、脂の乗りきった大店の旦那という風貌で、いかにも野心家らしかった。

「たしかに、おぬしの沽券地になってはおるが、この書類がすべて真実というわけではない」

「何をおっしゃいます」

と腰を上げそうになった数右衛門に、逸馬は諫《いさ》めるように手を揚げて、

「まあ、そうムキになるな。話をしているだけではないか」

「私は忙しい身なのでございます。かようなつまらぬお白洲につきあわされて、大変迷惑に思っております」

「忙しいなら、俺だって忙しいよ」

逸馬がほんの少しばかり伝法な口調になったので、数右衛門はえっと目を上げた。その人を値踏みするような目つきは、

——何処かで見たことがある。

と逸馬は思ったが、鳥居耀蔵のそれに似ていた。

「忙しいのはお互い様。それに、この滝田孫六は、代々続いてきた自分の里山が、知らぬ間に他人のものになっているから訴えておるのだぞ」

「…………」

「美濃屋。おまえのいう沽券は、たしかに売買があったという証にはなるが、百姓の田畑を記した〝水帳〟とは少し違う。沽券に関わるという言葉があるように、まあせいぜいが、町人の品性や評判の判断材料のひとつに過ぎぬ」

「そうでしょうか。ちゃんと、お上が保証したものだと思いますが」

「何故だ。ここには、おまえと相手方、そして立会人の名しかない。それが奉行所に届けられているだけのことだ。本当に、かような取り引きがあったかどうか、どうやって証を立てるのだ」

「どうって……」

「事実、この孫六は、このような取り引きをした覚えはないというし、立会人となっ

たおまえの町の名主も、先日、病死しておるではないか」

「しかし、与力様……」

「まあそう言わずに、聞かねえか」

と逸馬はさらに伝法になって、「こっちの孫六は代々続いた地主で、わずか一月前に、自分の知らぬ間に人手に渡っているというのだ。手に入れたおまえの方は、それで済むかもしれねえが、孫六の方はたまったもんじゃねえぞ」

「お待ちください、与力様。いいですか……」

数右衛門はもう一度、背筋を伸ばすように顎を引いた。

「そこには、金一千両で、取り引きをしたと記されているはずです。私どもの店の帳簿にも、同じ事を記してあります。亡くなったとはいえ、名主様も同じ書面を持っていて、それぞれきちんと署名に押印しております。この取り引きが偽りだと言うのでしたら、その証を差し出してくださいまし」

「…………」

「そうでございましょう？　訴えた側が、自分の訴えに、〝是〟があると言うのでしたら、その証を見せるのが筋ではありませんか」

「だが、知らないってものは、しょうがないではないか」

とあくまでも、逸馬は孫六の肩を持つような言い草で、「それにな、美濃屋。この爺さんが、千両もの大金を手にしたのなら、不自由な体を酷使して、日がな一日、野良仕事をしたりするかい？」

「そんなことは、私の知ったことではありませんよ」

「なら、今一度、聞く、美濃屋」

「なんなりと」

「おまえは、いつ何処で、どのような状況で、この孫六と取り引きをかわしたのだ」

「それは……」

「きちんと言ってみろ」

「ですから、細かいことは一々、覚えていませんよ、忙しい身ですから。ああ、番頭さん、あなたなら、よく覚えてるのでは？」

と話をふると、隣に座っていた番頭の吾兵衛は大きく頷いて、会合を重ねた料亭の名前や場所などを挙げた。だが、孫六の方は、そんな大層な所には出かけたことはないし、そもそも、あまり渋谷から出かけたこともないと、はっきり答えた。

「だとよ、美濃屋……もしかしたら、おまえは誰か違う奴を、孫六だと思って取り引きをかわしたのではないか？　だとしたら、これは〝騙《かた》り〟に遭ったのかもしれぬな」

「騙り……なにをばかな。私はたしかに、この爺さんと会って、その沽券のとおり、きちんと交わしました」

「ならば、千両の領収書はあるか？　そんな大金を払ったのだ。もっとも、あの里山一帯を得るのに千両とは、安すぎるがな……どうでえ、受領書と領収書くらい、お互いに引き渡すであろう」

「それならば、沽券が証拠ではないですか」

「水掛け論だな。だが、おまえの言い分を信じることは、できねえんだよ」

いよいよ面倒臭いとばかりに、逸馬は沽券を数右衛門に投げつけた。それを、もろに顔面に受けた数右衛門は、一瞬、物凄い険悪な表情を浮かべた。だが、それは損だと思い直したのであろう。平然とした顔に戻って、逸馬に言われるままに、改めて沽券に目を移した。

「そこには、おまえと孫六、そして名主の名が並んでるな」

「はい」

「だがな、孫六は無筆同然でな。漢字が書けねえんだ。庄屋の家柄なのに、呆れたもんだろう。だから、てめえの名も、仮名まじりで〃まご六〃としか書かない」

「……そんな」

「そんなもこんなも事実なんだな、これが」

と少し伝法な言い草になった逸馬を、数右衛門はわずかに睨み返した。

「でな。立会人の名主も、この日付の日には、町医者の弦庵《げんあん》の所で養生してたから、料亭にお出ましすることとなんざ、できねえんだな、これが」

「…………」

「分かったかい？　だから、その書状は、信憑性に欠けるってやつだ。よって、孫六の言い分を採って、おまえの言い分を却下する。よいな」

ふざけるな……と数右衛門は口の中でつぶやいた。

「ん？　何か言ったか？」

「ふざけるなと申し上げたのです。さっきから、藤堂様は与力にあるまじき言動ばかり。しかも、端から孫六を贔屓《ひいき》しているではありませんか。これで公平な吟味と言えるのでございますか」

「よせよ、美濃屋。俺に喧嘩を吹っかけてるのかい？」

逸馬の目の色が少し変わったので、番頭の吾兵衛の目が俄《にわか》に泳ぎはじめた。それを見逃さなかった逸馬は、

──こいつを責めれば、落ちるな。

と察したが、この場で追及することはしなかった。主人のいない所で、ぐいっと絞れば、すぐに本音を漏らす気弱さを感じていたからだ。

「贔屓なんぞしておらぬ。きちんと公平に見たままのことで判断しておる」

「そうは思えませんが」

「ならば、訊く。どうして、おまえは、ならず者を雇ってまで、この孫六と栄市なる子供に怪我をさせた」

「…………」

「孫六は実は、肋骨を折る大怪我をしているのだぞ。栄市の方は掠り傷だったが、怖い兄さんに脅されて、心が萎えてしまっている」

「…………」

「あの子は、孫六に許しを得て里山に入り、十本に一本の割合で、孫六に松茸を渡すということで、それこそただ同然で採取させてもらっていたのだ。あの子には、病床に伏している母親がおってな、その薬代を稼ぐために、利幅のよいものを一生懸命採って暮らしているのだ。まだ、十歳だ。寺子屋に行って勉強をしたり、遊びたい年頃なのに、母親のためにじっと我慢して頑張っているのだ」

自分には関わりないとばかりに、数右衛門は目を逸らせた。そして、逸馬が子供のことを同情的に話しているのを聞いて、唾棄するように、

「つまらぬ話だ。貧乏人のガキの話なんぞに興味はありません。それに、私はならず者など雇ってはおりません」

「宮益坂の半五郎を知らぬのか」

「知りませんねえ」

「ふん。知ってることは知らない。知らないことは知っているか……まあ、よかろう。この孫六の一件は、これにて落着」

逸馬は孫六に帰ってよいと語りかけたが、憤懣やるかたない数右衛門は、

「藤堂様……あなたの結審、必ずひっくり返してみせます。あなたこそ、後で泣きをみたって知りませんよ。私には、あなたがどんなに足掻いたところで勝ち目のない御仁がついてくださっている」

「渋谷村の〝開拓〟……と言いたいのか？」

逸馬も挑発的に睨みつけたが、数右衛門は微動だにせず、

「あなたも、くれぐれも気をつけておいた方がよろしいですよ」

と脅迫するように言った。

──なるほど、近頃、俺にまとわりついている気配は、こいつの後ろ盾の仕業か。

そう思って、したり顔で笑った。

五

孫六が首吊り死体で見つかったのは、その翌朝のことだった。

「また自由にあの里山で遊べるんだ」

と一刻もかけて、いつものように、水車小屋に出向いた栄市が発見したのだった。

ガタゴトとまわる水車の側にある、樫の木の枝にぶら下がっていた。

衝撃のあまり、半刻余り、地べたに座っていたが、通りがかりの大人に懸命に声をかけて、ようやく亡骸《なきがら》を下ろして貰ったのだ。

その報せを奉行所の与力詰所で訊いた逸馬は、本日の吟味は取り止めにして、すぐさま栄市の長屋まで駆けて行った。唯一とも言える頼りの人を失った衝撃から、栄市の心を救ってやりたいという思いと、何としても下手人を捕らえてやるという怒りが爆発したからである。

──俺の裁断のせいで、孫六は死んだ。

そう思うと忸怩《じくじ》たるものがあると同時に、お白洲を踏みにじった数右衛門の非道さに、改めて、叩き潰してやるという思いが湧き起こった。

「どうせ、背後には、鳥居様……いや水野様がいるのであろう。だからこそ、奴は、渋谷村のほとんどを自分の手にし、伐採権まで握っている」

表向きは、江戸に火事や地震などの災害があった場合、青梅の山から材木を運んでくる手間を省いて、近場での木材を確保するため、ということだ。が、強引に開拓するための方策としか思えなかった。新しい町作りのためには、孫六の里山が邪魔だったのである。

たしかに孫六は、以前から、遠山奉行と同じく、渋谷村の新たな開拓には反対をしていた。ゆえに、北町で昨日のような判決が出たことに対して、強行派が法を踏みにじる行為をしたことは間違いなかった。

長屋を訪ねたとき、病床にある母親の前で、栄市は声を嚙み殺すようにして泣いていた。青白い顔をした母親のおまさは、息子が悲嘆に暮れているのを慰めながら、

「大丈夫だよ……お上が必ず、孫六爺さんを殺した奴を見つけて、きつくお裁きをしてくれるから、ね」

誰も孫六が自分で首を吊ったとは思っていなかった。

町方の探索も、昨日の今日の事件だから、慎重に慎重をかさねて探索していた。定町廻り同心の原田健吾からの途中経過の報せでは、

――明らかに首を絞められた痕跡がある。

とのことだった。殺された後に、自害に見せかけるために吊られたのであろう。自害の理由などはないが、早速、『美濃屋』を訪ねて聞き込んだ健吾には、

「大嘘をついたから、どうしようもなくなって、死んだのではないですか」

と数右衛門は淡々と答えたという。

数右衛門自身が手を下したとは考えられないが、水車小屋辺りを、宮益坂の半五郎の子分たちが数人、うろついていたのを見かけた者はいる。実際に手を下した奴さえ捕らえれば、後はどうにかなろうというものだ。

「とにかく、半五郎の一家に探りを入れて、どんな小さなことでもいいから、〝因縁〟をつけて奉行所に連れて来い」

と逸馬は健吾に指示を出していた。

「おっ母さんの言うとおりだ、栄坊。北町奉行所で、必ず下手人を捕まえてやるからな」

栄市は涙ながらに振り返って外を見た。

入口に立っている逸馬を見て、『一風堂』で見た覚えがあるのであろう、すぐに土間まで降りて来て、

「おっかあ。北町与力の藤堂様だ。このお方も仙人先生に教わった人なんだ。とっても立派な人なんだって」

と自慢そうに言った。

「そんなに立派じゃねえがな」

「ううん。いつも仙人先生、褒めてるもん。あんな悪ガキでも、とっても立派な人になったって。だから、ばかでもグズでも、頑張れば藤堂様みたいになれるって」

「それって褒めてるのかな」

逸馬は苦笑しながら、母親のおまさに頭を下げた。

「孝行息子だってね。町中でも噂を聞いてますよ」

「親バカかもしれませんが、私にはできすぎた息子です」

「で、……私には、気がかりなことがあるんです」

「はい。息子の身のことですか」

「お察しのとおりです。子供だからといって、容赦するような相手ではありません。万が一のことがあっては大変ですので、しばらく『一風堂』で預かって貰ってはどう

かと」

「お願い致します。ご覧のとおり、私もこのような身ですので、子供のことが心配で心配で……」

「いやだ。おいら、ここにいる」

と栄市は駄々をこねるように言った。母親を思いやってのことだろう。母親を一人に出来ないというのだ。

「けどな、栄市。おまえと一緒だと、かえって、おっ母さんが危ない目に遭うかもしれないんだぞ。心の臓が悪いって聞いたが、安心して過ごせるのが一番、体にいいんだから」

「でも……」

「分かった。おっ母さんのことは必ず俺が守る。だから、栄市、おまえは、な……悪い奴らを片づけたら、孫六と一緒に遊んだ里山でまた遊ぼう」

「遊んでなんかないやい。里山は、おいらの仕事場なんだよ」

「ああ、そうだったな。だったら、余計、気をつけなきゃなるまい。おまえの松茸を待っている者たちがいるんだからな」

「おいらのまったけ……」

「そうだ。栄坊にしか採れない松茸だ」

ポン太が、わんわんと吠えた。

逸馬は栄市を『一風堂』に預けてから、その足を深川まで伸ばし、『美濃屋』の紺暖簾をくぐって店内に入った。

さすがに近年のしあがってきた勢いのある材木問屋だけに、客筋も若く、張りのある声がポンポンと飛んでいた。大店というよりも、魚市場かやっちゃ場にいるような錯覚すらあった。

帳場にいた番頭がいち早く逸馬の姿を見つけて、せかせかと近づいて来た。

「藤堂様……お店はまずうございます」

「何がまずいのだ。主人の数右衛門はおるか。孫六殺しのことで尋ねたいことがある」

「こ、困ります、藤堂様……」

「いないのか、数右衛門。おまえが〝沽券〟を主張している元の地主が殺されたのだ。しかも昨日の今日のことだ。出て来ないのならば、改めてお白洲に呼んでも構わぬのだぞ」

まるで脅しである。その張りのある逸馬の声を聞いて、出入りの商人たちは首を竦めて、何事が始まったのかと見ていた。しかし、主人が出て来る気配はなかった。

「居留守を使っているのは承知している。岡っ引がおまえに張りついているのだ。逃げ隠れするようなことをしたのか、美濃屋！」

ともう一度、声を強めたが、やはり出て来なかった。察した番頭の吾兵衛が、謙《へりくだ》るように何度も深々と腰を折りながら、

「ああ、主人は所用で日本橋の方へ出かけているのでした。話なら私が……」

「さようか。ならば、来い」

吾兵衛を連れて、深川八幡前の自身番まで連れて行った。

もちろん、逸馬としては、番頭の方が落としやすいと思っていたがために、居留守を使われたのは好都合だった。吾兵衛は気弱そうな目で、とぼとぼと逸馬の後をついてきていた。

自身番まであと一町という所で、いきなり路地から、浪人が数人現れて、吾兵衛に斬りかかった。

「うわあッ」

袖を切られて驚いた吾兵衛は仰け反り、逸馬とは反対側に逃げた。そのために、す

ぐには助けることができなかった。悪いことに、吾兵衛は必死に駆け出して、なお逸馬から離れてしまった。

路地に逃げ込んだが、浪人たちにずんずん迫られて来て、背中をバッサリと斬られそうになった。

「待てッ」

と逸馬が路地に駆け込んでいったとき、そこには間一髪助かった吾兵衛がぶるぶる震えながら、道端でうずくまっていた。

そこに、泰然と刀を抜いて構えていたのは、なんと信三郎であった。すでに二人、浪人が倒れている。

「なんだ信三郎か。まさか斬り殺したんじゃないだろうな」

「峰打ちだよ。もっとも、鎖骨やあばらは折れているだろうがな……まだ、やるか？」

信三郎がキリッと振り返ると、浪人たちはまずいという顔になって、すぐさま逃げ去った。逸馬は追うつもりもなかった。

「大将。いいのか、逃がして？」

「何者かは、こいつが分かってるよ。なあ、番頭さんよ」

と逸馬は、しゃがみ込んだままの吾兵衛の襟首を吊り上げた。

「それより、おまえこそ、何をしてるのだ、信三郎」

「寺社奉行より命じられてな」

「渋谷村の一件か」

「うむ。寺社奉行とて大名だからな、はじめは賛成していたようだが、やはり余計な負担は強いられたくないんだろうよ。ま、それより、その一件では、渋谷の住人らが、開拓は辞めて欲しいとお上に訴え出てきておる。町人だけではなく、あの辺りに檀家がいる寺なども動いたのでな、評定所でも異論が持ち上がって、善処したいとのことなのだ」

「だから、『美濃屋』を調べてたのか」

「そういうことだ。おまえたちを尾ける妙な浪人たちを見かけたのでな」

「助かった。礼を言うぞ、信三郎」

「礼などと、気色悪いことを言うな。それより、折角、深川八幡まで来たのだ。岡場所に行って、ちょいと一汗かかぬか」

「勝手にしろ」

逸馬は引きずるようにして、吾兵衛を連れ去るのだった。

六

再び、北町奉行所に呼び出された数右衛門は、ふてくされるどころか、むしろせいせいとした顔つきで、逸馬の来るのを待っていた。

白洲のある詮議所ではなく、吟味部屋として使われる小部屋だった。

「ここなら、誰にも話を聞かれなくて済む。正直に話せば、命だけは助けてやる」

誰も聞いていないのではない。襖の隣では、同じ与力や同心が耳をそばだてていた。言葉の端々から、本音を聞き取り、〝言質《げんち》〟を取るためである。そして、動かぬ証として、白洲で吐露させるのだ。

だが、数右衛門は誰かに指図されたのであろう。このような吟味のされ方も、よく教え込まれたとみえ、「ああ」とか「ふう」と溜息で誤魔化し、

「宮益坂の半五郎と、『桃山』という料亭で会ったことがあるであろう」

と具体的に尋ねても、

「覚えておりません」

の一点張りだった。

仕方なく、逸馬は番頭の吾兵衛が喋ったことをネタにして、事細かく訊くことにした。

「吾兵衛は、いつもおまえと同席したとはっきり話しておるのだぞ」

「知りません」

「奴がすっかり正直に話したのに、おまえが認めないとは、どういう了見だ？　料亭の者からも裏を取っておる。もっとも、半五郎の方も知らぬ存ぜぬだがな」

「ふん……」

数右衛門は小馬鹿にしたように笑って、何を言われても軽く受け流していた。逸馬は真顔でじっと見据えたまま、

「笑ってられるのも今のうちだぞ。繰り返すが、吾兵衛はな、己が罪を認めた上で、おまえと鳥居様との関わり、そして、半五郎との黒い繋がりも話したのだ」

「…………」

「その代わり、奴には刑罰を減じてやった。ああ、北町奉行の遠山様もご承知の上だ。そりゃそうだろう。おまえと一緒に死罪になるくらいなら、すべて話すってのが人情だ」

「死罪？」

と数右衛門は初めて不快な感情を露わにして、「何故死罪にならなければいけないのです。一体、私が何をしたというのです」

「おまえ自身が知っていることだ」

「ですから何を……」

数右衛門は訝しげに口元をゆがめて、さっきのような薄笑いを浮かべて、ふんと鼻白んだ顔をした。

「吾兵衛が、減刑を条件に何かを話したなどと……そんな作り話、誰が信じるものですか。あいつが何を言おうと、私を怨んでの出鱈目か、さもなきゃ藤堂様、あなたの作り話でございましょう」

「おまえは吾兵衛に怨まれる覚えでもあるのか」

「別にありませんがね、奉公人というものは、ちょっと厳しくしただけで、不平不満を主人に対して持つものです。それに……」

と数右衛門は吐き捨てるように、「吾兵衛は時々、店の金をちょろまかしていましたからね。厳しく問いつめたこともあります」

「ちょろまかす……ふうん。そんな奴を番頭に置いてるのか？　もしかして、それをネタに脅して、自分の言いなりにしてきたのではないのか」

数右衛門が一瞬だけ詰まった。その内心を見透かしたように、逸馬は語気を強めて、

「今度は、孫六の土地かそうじゃねえかっていう〝出入筋〟の話じゃないんだ。孫六を殺したかどうかって〝吟味筋〟なんだ」

民事事件と刑事事件の違いである。

「だから、相当覚悟して、ものを言うんだな、美濃屋……人に命じて殺しをさせれば、それで死罪になることくらい、おまえでも知っておろう。自分の手を汚さなくてもな」

「何もしてません」

「まあ、おまえが吐かなくても、半五郎がそのうち、きっちり話すだろうよ。奴は今、寺社奉行吟味物調役の方で、色々と調べられておる。渋谷の一件で、寺社地やその檀家でも、半五郎が酷いことをやらかしてる咎でな」

「…………」

「吟味物調役支配取次役の武田信三郎ってのは、俺と腐れ縁のある奴だが、こいつがまた、悪いことをしていけしゃあしゃあとしてる奴が大嫌いでな。俺と違って、平気で拷問を使いやがる。殊に、腕力《うでぢから》を売り物にしている輩には、それこそ腕力を使って

な」

逸馬は苦笑いでそう言ってから、一通の文を出した。

「ならば、これはどうだ美濃屋……」

「？ ……」

「筆跡に見覚えはないか？」

それは、南町奉行鳥居耀蔵の内与力《うちよりき》熊井《くまい》俊之輔《としのすけ》の名で書かれたもので、近年の町奉行担当の橋梁や護岸普請などに使われた材木の入れ札の値を記している。しかも、ほとんどすべて、『美濃屋』が落としているのである。

「これは則ち、鳥居様がおまえに事前に値を洩らしていたことに他ならない。しかも、値は鳥居様の思うがまま。つまり、南町奉行所の差配で、公儀は相場よりも高い値で、材木を『美濃屋』から買っていたことになる」

「………」

「違うか？」

文をしげしげと見ていた数右衛門は、くっくと苦笑して、

「藤堂様こそ、物の道理を分かっておられませんね。公儀の普請のことを、鳥居様ひとりで決められるわけがありません。材木の値にしても、勘定奉行の決済がなければ

ならないのを、ご存じないのですか」

「知ってるよ」

「だったら……」

「勘定奉行の一人は、跡部能登守様だ。水野様の実の弟だからねえ。そして、水野様は鳥居様とは〝御神酒徳利〟だからな。分かるだろう？」

「吟味与力様でも、無礼が過ぎるのではありませんか？　ご老中や町奉行様のことを悪し様に言うのは、どうかと思いますが」

「おめえに言われたくねえよ、この人殺し」

と逸馬は、まるでならず者のような態度になって、数右衛門をまた睨みつけた。

「今度は、吟味筋だと言っただろうが。おまえが、どれだけ儲けてようが、鳥居様とつるんでようが、そんなこたア、こちとらどうだっていいんだよ」

「……！」

「それとも、鳥居様が人殺しを庇ってくれるとでも言うのかい。そんなことをすりゃ、鳥居様の方が罷免されることになる。それともなにか……」

逸馬はすっと立ち上がると数右衛門に近づいて、扇子の先でポンポンと肩を叩きながら、「孫六殺しは鳥居様に頼まれたとでも言うのか、美濃屋」

「なにをばかな……」

「しかし、内与力の熊井様とおまえは何度も会い、こうして文まで交わして、入れ札の値を確認し合っている。なあ、そろそろ正直に話さねえか？」

「…………」

「また、黙《だんま》りかい。なら、仕方ねえ……おまえはさっき、勘定奉行の決済がどうのこうのと言ってたな。ならば、勘定吟味方改役の毛利八助様が来ているから、今一度、改めて決済を貰おうじゃないか」

脅すような素振りを見せて、逸馬が強気になると、数右衛門は少し怯んだ。勘定吟味役という役名は、不正を行っている者にとっては町方与力なんぞより怖いものだ。勘定吟味役は役人の不正を暴く〝閻魔〟のようなものだが、巧みに悪行を隠している者を引きずり出すためには、結託した商人を締め上げることが肝要だった。幕府内に不正があるとの疑いが広がったときには、勘定吟味役が自ら、関わりのある商人を調べ尽くさざるを得なかった。

逸馬が控えの間に声をかけると、裃姿の八助が険しい面持ちで入って来た。いつも、信三郎と一緒になって馬鹿話をしているときの情けない表情は微塵もない。

八助は自ら名乗ってから、吾兵衛が洩らした〝熊井の文書〟の落札値について、勘定所に残っている文書や帳簿と照らし合わせながら、改めて問い質した。それでも、数右衛門は意地になったように、一言も口を利かなかった。

「おまえは元禄の世の、紀伊國屋文左衛門や奈良屋茂左衛門にでもなったつもりか」

五代将軍綱吉の治世、荻原重秀《おぎわらしげひで》という勘定奉行は、上手く老中にすりよって、形骸化している勘定吟味役という役職を廃止した。それは監視役の勘定吟味役をなくして、自由勝手に公儀の金を使える勘定奉行の立場を大いに利用しようとしたのだ。事実、正徳の貨幣改鋳の折、荻原重秀は二十数万両もの大金を懐し、組織的な贈収賄を行った。それがために、紀文や奈良茂が巨万の富を築いたのは、周知の事実である。

――落札工作をするのは当然で、賄賂が少ない者は誰も相手にされなかった。

と、かの新井白石《あらいはくせき》も幕府役人の腐敗ぶりを書き残している。

八助は具体的な数字を示して、『美濃屋』が常識をはずれた、多くの普請を落札していることや、熊井が残していた文書と落札価格が一致していることなども示して、

「こうやって見ると、事前に話ができていたことは充分分かろうというもの。それとも、美濃屋……おまえは千里眼があるのか」

「…………」

「幕閣ですらめったに入れない勘定奉行の蔵の中に隠されている落札の値が、おまえ

は悉《ことごと》く見えるのだからな」

八助はそう皮肉を言いながらも核心に迫った。

「実はもう、熊井殿には私が自ら問い質し、おまえに落札値を洩らしたと認めておる。正直に言えば、それでよし。あくまでも白を切るなら、熊井様が嘘をついている証を出して貰う。何故ならば、当人が書いたと認めた文が残っているからだ」

「藤堂様……」

と数右衛門は恬淡《てんたん》とした目つきに戻って、「熊井様が不正をしたのなら、そのことをまず鳥居様に申し上げるべきでしょう。鳥居様は不正が大嫌いですから、熊井様を切腹させるのではありませんか？」

「さてもさても……往生際の悪い男だな。仕方ない……後は鳥居様にお任せするしかないな。でございますな、毛利様。鳥居様が直々に取り調べたいと申し出て来ておられるのでな。仕方がないですな」

「さよう……」

八助は少し陰鬱な顔になって、「だが、鳥居様が調べるということは……すなわち、不都合な人間は消す、ということだからな」

数右衛門の表情に、俄に一抹の不安が浮かんだように見えた。それをチラと見た逸

馬は、さらに扇子の先で肩を押さえて、

「まあ、せいぜい殺されぬように気をつけるのだな。そういう先例は幾らでもあるから、こっちとしては、おまえを助けたかったのだがな……おまえに隠していることはまだあるが、それもまた言わぬが花か」

と逸馬は意味ありげに言って、苦々しく笑うのだった。

七

取り調べが終わった後、数右衛門は解き放たれるかと思いきや、すぐさま逸馬の手によって、その場で捕縛された。孫六殺しの咎である。

そして、丸二日、同じような取り調べをしたが埒が明かないので、すべての証拠類を整えて、南町奉行所に引き渡した。

——もはや、遠山左衛門尉の手に負える事件ではない。鳥居様に委ねる。

と遠山が自ら、投げ出したのである。むろん、遠山の胸の内に含みがあってのことだ。

だが、事件を引き継いだ鳥居はひととおりの調べをした後、

「特段、嫌疑はない」

とのことで、数右衛門を無罪放免にした。北町が調べても、南町が調べても、有罪に足る証が何一つ出なかったということで、孫六殺しについても、

——当初、調べたとおり、自害であった。

ということで片づけられた。

『美濃屋』の番頭吾兵衛も、

「かねてより、主人の数右衛門から、店の金を私腹したことで、厳しく叱られていた。だから、腹立たしくなって、鳥居耀蔵の内与力の名まで使って偽の文書を作って罪に落とそうとした。断固許し難し」

ということで、江戸市中所払いの刑と決まった。

さらに、渋谷村の道玄坂上一帯の里山の〝地権者〟は孫六から、『美濃屋』が正当に買い取ったものだと断じられた。それらの判決は、あっという間に結審されたが、評定所で改めて論じられることはなく、北町奉行の遠山が鳥居に委ねた裁断だけに、異議を唱えることもなかった。

その夜——。

鳥居耀蔵の根岸にある別邸を、数右衛門は一人で訪ねて来ていた。

町奉行職という、幕府の要人であるから、屋敷の周りには、与力と同心から選ばれた番兵が物々しく警戒していた。ましてや、鳥居は水野の改革の先兵でもあるから、幕府に反発している輩の攻撃の的にもなっている。〝過激な分子〟に命を狙われている節もあるから、用心に用心を重ねていた。

「まあ、これで一件落着……老中や若年寄らへの根回しは必要だが、渋谷〝開拓〟も、今後益々、進むと思われる。これからが正念場だぞ、美濃屋」

と鳥居は満足げに杯を傾けながら、励ますように声をかけた。

しかし、数右衛門は手放しで喜べないと感じていた。あまりにもトントン拍子に事が運んだことで、かえって不気味に感じていた。

――鳥居様が調べるということは、すなわち、不都合な人間は消す、ということだ。

と言った八助の言葉を鵜呑みにしたわけではないが、鳥居の怖さも知っているだけに、数右衛門は妙な用心をしていた。すっかり心を開くのをためらっていた。

「どうした、顔色が悪いぞ、美濃屋」

「はあ」

「北町での取り調べを、まだ気にしているのか」

「さすがに鳥居様。あっという間に、よりよい方に片づけてくださったのは、私としても嬉しいのですが……」

「ですが、なんだ」

「あまりにも上手く行きすぎているので、何か他に罠があるような気がするのです」

「何かとは」

「分かりません。ですが、あの〝梟与力〟という異名を取る藤堂逸馬という男は、虎視眈々とこっちが襤褸《ぼろ》を出すのを狙っているような気がするのです」

「ふむ。藤堂の毒気に当たったな」

「毒気……」

「あやつは俺も知っておるが、相手の心を揺さぶって本音を暴露させる術をよく使う。人というものは、心が不安になったとき、つい余計なことを口走るからな」

数右衛門は今がまさにそうであった。鳥居はその内面を見抜いたかのように、眼を細めながら杯を重ねていたが、

「どうした。儂に何か訊きたいことでもあるのか」

と訊いた。

「何でも言うがよい。儂がおまえを見込んで、引き立ててやっているのは、若いのに如才がなく、揺るぎない自信に満ちた生き様を見せておるからだ。弱気なおまえなんぞ、見たくもない」

鳥居は少し腹立っているようだった。だが、数右衛門は、遠慮はかえって信頼を失うと思って、正直に尋ねた。

「では、お訊きしますが、お奉行は、渋谷村の開拓にあたって、何か他に狙いがあるのではありませぬか？」

「他の狙い？　どうして、そう思う」

「与力の藤堂様がそんなことを言っておりましたから」

「様をつける必要はない」

「あ、はい……」

「おまえは、儂と藤堂と、どちらを信用しているのだ」

「もちろん、鳥居様でございます」

「だったら、迷わないことだ。人間、迷えば、つまらぬことで足を掬《すく》われる」

「はい……」

数右衛門はまだ言いたいことはあったが、しつこくすると、癇癪を起こされる。だから、腫れ物に触るような思いで、鳥居と接していた。

「吾兵衛は、どうなるのでしょうか……奴は裏切り者です。刑が甘かったのではありませんか？」

「店の金を盗んだくらいでは、極刑というわけにもいくまい。江戸の外で野盗に殺されてしまえば、それでよかろう」

「あ、なるほど……」

やはり、不都合になった者は消すという八助の言葉は嘘ではなかった。数右衛門は、かくなる上は、自分は鳥居にとって有用な人間であり続けるしかないと考えていた。

「さて……」

と鳥居が渋谷の里山の伐採話をしようとしたとき、ふと気配を感じて、縁側に繋がる障子戸の方を見やった。

「茜か……」

「はい」

茜の声が返ってきた。鳥居は障子戸越しに話を続けた。

「奴らの動きはどうだ」

「特段、変わったことはありません。いつものように暮らしているだけです」

「藤堂逸馬と武田信三郎……それと毛利八助。こやつらが、何故だか知らぬが、儂のことを目の仇にしているのは分かっておる。なんでもよいから、奴らの不祥事をつかんで、役人を辞めさせてしまえ」

「お言葉ですが……」

　と茜は恐縮はしているが、明瞭な言い草で、「あの人たちは、特に藤堂逸馬は、元は町人ですから、役人を辞めることには、何のためらいもないかと存じます」

「おまえの考えなど聞いておらぬ。奴らが儂の何に気づいて、どう邪魔をしようとしているのか、それだけを伝えよ」

　険しく命じた鳥居が、わずかに障子戸を開くと、茜は軽く頭を下げて、

「では、お伝えします……」

「申せ」

「藤堂逸馬は、渋谷の里山……孫六の山を鳥居様が欲しがっている本当の理由を知っている節があります」

「本当の理由？」

と訊いたのは、数右衛門の方だった。

「鳥居様。やはり、私にはお話しくださってないことがあるのですか」

「余計な詮索はするなと言ったであろう」

「ですが……」

「もうよい」

不愉快な声を発した鳥居は、苛ついたように脇息を畳に叩きつけて、「数右衛門、おまえは材木問屋らしく、あの里山の木々を悉く伐採すればいいのだ」

「悉く……」

「さよう。別に儂は、茸や筍が欲しくて、あの里山を手に入れろと、おまえに命じたわけではない。言われたとおりにせい」

「は、はい……」

怯えきったように青ざめた顔になって、数右衛門はもはや言いなりになるしかないと、改めて覚悟を決めた。

「そうか……奴は、やはりあのことに気づいておったか……」

苦々しく頬を歪めた鳥居は、だがしかし、落ち着いた声で言った。

「茜……おまえに、もう一働きして貰おう」

「は？」

「松茸の小僧は、寺子屋『一風堂』に身を隠しているそうだな」

栄市のことだと、茜はすぐ分かったが、即答しなかった。その態度が気に入らない
鳥居は、唸るような長い溜息をついて、

「隠さずともよい。おまえは仮にも寺子屋の師匠だ。その小僧を、儂の所へ連れて来い。なにも取って食おうというわけではない。おまえなら分かるな、茜」

「…………」

「返事はッ」

「承知……承知致しました」

茜は俯いたまま返事をすると、そのまま身を翻《ひるがえ》した。

腕を組んで目を細めた鳥居の横顔を、数右衛門はじっと見つめていた。

八

からすの鳴き声があちこちで聞こえ、季節外れの蝙蝠が舞いはじめた頃、寺子屋
『一風堂』の子供たちは三々五々、家に帰って行った。

朝から晩まで、勉学に励み、思いきり遊んだ栄市は、一人になって急に寂しくなった。同じ年頃の子供と遊ぶのは久しぶりだった。毎日毎日が仕事の連続だった栄市にとって、文字を習ったり、算術を学ぶことが新鮮だったが、友だちと遊ぶことはそれ以上に刺激があって、実に楽しかったのである。

茜に誘われて、何か美味しいものでも食べに出かけようとしたとき、

「俺も行こう」

と逸馬が声をかけた。

寺子屋にいたことに、茜は驚いたようだった。

「近頃、仙人は腰が痛いとか、膝が軋むとか、泣き言ばかり言うのでな。手伝いに来ていたのだ。こっちには仕事があるのに、そんなことはお構いなしだ、仙人は」

「でも、逸馬さんは優しいね」

「そうか?」

「ええ。それこそ、吟味与力なんかにならなくて、この寺子屋の先生に徹していればいいのに、仙人先生を継いで。その方が、逸馬さんも人生を楽しめる気がするけど。それに……」

「それに?」

逸馬たちの動きを張るという不毛なことはせずに済む、と言いたかったが、口に出せるはずもなかった。

そんな茜の気持ちを、逸馬の方も分かっていたが、あえて黙っていた。しかし、今度の事件は、ただ事ではない。人が殺されているし、一生懸命頑張って生きている栄市の里山まで潰されそうになっているから、逸馬は張り切っていたのだ。

「おまえこそ、足を洗ったらどうだ、茜」

と逸馬が優しい声をかけると、茜の胸の中で、炭がパチッと弾けたような音がした。鳥居の密偵であることは、逸馬には確実に悟られていると承知している。だが、今までは取り立てて尋問もしないし、まして責めたりはしなかった。

だが、逸馬は嫌な予感がしたのであろう。

「妖怪の言いなりになって、悪行を尽くすと、自分も地獄に堕ちなくてはならなくなるぞ。俺は、茜……おまえこそ別の生き方があると思うがな」

「…………」

「だから、栄市を妖怪の所へ連れて行ったりするな。おまえは自分の寺子屋の子を、危ない目に遭わせたいのか？」

「まさか……」

「だったら、誰かに命じられたことをやるのではなく、自分で考えてみな。それが、仙人の教えでもあるはずだ」

茜は打たれたように立ち尽くしていた。じっと黙ったまま、だが逸馬を見つめ返すこともできず、ただただ自分がしようとしていたことを愚かに感じて、何となく泣きそうになった。その曇り顔を見てとった栄市は、

「藤堂様……茜先生をいじめちゃいやだ」

「いじめてないよ」

「でも、先生、泣きそうな顔してる。先生が悲しくなるようなことを言わないでくんろ」

「分かった。栄坊は優しいな」

「ううん。先生の方がもっと優しいよ。だから、今度宝探しに行くんだ」

「宝探し？」

逸馬は、宝探しの意味は知っていたが、黙っていた。

「そうだよ。前から、茜先生から聞かれてたんだ。里山には沢山、宝があるらしいのだが、何処にあるか知っているかって」

「そうなのか？」

と逸馬は目顔で、茜に訊くと、素直に頷いた。

「でも、おいらにとっちゃ、里山の宝といえば、まったけだ。ところが、他の宝もあるってんだよ、茜先生は」

だから、一緒に探しに行くと約束をしているという。

実は、栄市は、亡くなった孫六から、里山の一角のある所に、徳川家康が江戸に入府したときに隠した埋蔵金があると聞いていたことがある。

「けど、爺ちゃん、絶対に人に喋っちゃいけねえって言ってたし、おいらも、そんなものがあるとは信じていねえ。だって、宝がありゃ、爺ちゃん、貧乏することなんかなかっただろうし、おいらだって、まったけなんか採らなくたって、おっ母さんに薬が買えたかもしれねえ」

「そうだな」

「だから、埋蔵金なんて、そりゃ嘘話さ。本気で探してる大人はばかだ」

栄市は屈託のない笑顔で、お宝話は否定していたが、あながち出鱈目でもないだろう。孫六の残していた書き付けには、里山の雑木林のブナや楢、檜、栗の木など様々な樹木の植生を描いた図面とともに、埋蔵金があるらしい地点が記されてあった。

里山の一部は、水が伏流して、地下水が流れていた。その暗渠《あんきょ》のような水脈にこそ、宝が埋められているから、探すことも困難だし、仮に場所が分かっても、なかなか発掘することが難しかった。

「分かってるよ、茜……」

と逸馬は、まだ栄市を鳥居のもとに連れて行くかどうか迷っている茜に、厳しい一言を投げかけた。

「鳥居を裏切れ」

「え……」

「でないと、いずれ俺がおまえを斬らなきゃならなくなる」

「……それは本気で言ってるのですか」

「ああ、本気だ。その代わり、俺はおまえを必ず守ってやる。鳥居からな」

茜はしばらく逸馬を見つめていたが、眩しそうに目を逸らせると、

「私には鳥居様を裏切ることはできません」

「何故だ」

「あなたには分かりようがありませんが、私と鳥居様との間には、切っても切れないものがあるのです」

「切っても切れない……」

「はい。ですから、私が裏切るときは、自分が死ぬときでしかないのです」

「その意気込みがあれば、どんな生き様でもできると思うがな」

逸馬は熱い眼差しで茜を見つめ続けた。

「どんな縁で結ばれているのかは知らぬが、知りたいとも思わぬが……鳥居は卑劣極まりない男だ」

「…………」

「今般の一件もそうだ。鳥居には、渋谷村を〝開拓〟するつもりなど毛頭ないのだ」

何を聞いても、茜は驚かなかった。

「どうやら、おまえも鳥居の狙いは、予め知っていたようだが……どうせ、〝開拓〟なんぞは頓挫すると考えている。問題は、埋蔵金だ。それを人海戦術で探し出すためには、公儀普請の名において、里山を拓くのが手っ取り早いのだ」

「…………」

「幕閣はそれに踊らされ、『美濃屋』も上手く利用されてただけだ。すべて見つかれば、百万両は下らぬ金があると言われている……鳥居はそれをどうするつもりか。徳川家のために使うのか、ただ横取りしたいのか」

逸馬の案じていたことが、今まさに実行されようとしていた。

九

「それを放っておいては、うまくあるまい」

という思いだけで、逸馬は、栄市を案内役に雇って、里山に入った。

この数日の間に、散り紅葉が沢山落ちて、地面が鮮やかな赤で覆い尽くされていた。まさに緋毛氈《ひもうせん》のようであった。これらの葉はやがて肥料になり、森を手入れすることで、赤松の周りに〝菌〟を集めることができる。それを増やして、新たな松茸が生まれる。ほったらかしにしておれば、森は枯れる。

栄市はそんなことを話しながら、宝探しをしていた。寺子屋にも行かずに、孫六と一緒に森の面倒を丁寧に見ていたから、森の一木一草のすべてが分かるようだ。好きな木々には、名前までつけて、時に声をかけたりしていたという。

「どうだ。埋蔵金がある所は分かりそうか」

「百万両かあ……もし、見つけたら、俺はまさに渋谷金王丸みたいな長者になれるかもしれねえなあ」

「間違いあるまい。だが、見つければの話だ」

「うん」

それが発見されれば、鳥居の野望のみならず、いかに金に執着していたかを示す証になるに違いない。

──政には金がかかる。

というのが口癖の鳥居は、出来る限り税を上げる施策を論じるのと並行して、どんな金でも手に入れるという水野忠邦のやり方を踏襲しようとしているのだ。

「財政が潤えば、〝天下普請〟もまた夢ではない。さすれば、本当に渋谷村が、四宿のように拓けるかもしれぬ」

そういう思いが鳥居にはあった。

お宝は先に見つける方が何倍もの値打ちがあるし、誰が探し出したとしても、地主が持ち主である限り、〝所有〟を主張できる。だから、孫六の里山かそうでないかが重要な問題ゆえ、偽の〝沽券〟を使ってでも『美濃屋』のものにした。その上で、孫六本人をも殺したのだから、鬼か夜叉の仕業である。

逸馬が、栄市を〝水先案内人〟として、くだんの里山に入ってしばらくすると、

「何奴じゃ。ここは、上様のお狩り場になる里山である。入ってはならぬ」

と役人が現れた。十数人おり、いずれも槍や弓矢を構えた、番方の者たちだった。

もちろん、役人たちは自分に与えられた任務を遂行しているだけで、まさか他人様の土地を強引に奪って、それを我が物顔で占拠しているとは思っておるまい。

「ばかも休み休み言え。ここは誰が何と言おうと、孫六のものだ」

江戸時代においては、土地の所有の意識は少ない。幕府の領地などでも〝天領〟と呼ぶように、国有というよりは、天から預かっているものという感覚だった。だから、本来、〝所有権〟を争うことは、境界線の争いともども不毛な戦いになることが多かった。

今般の事件では、すでに南町奉行の鳥居が決着をつけているというが、〝八百長〟みたいなものだから、その証を掘り出すのが狙いだった。

逸馬は、孫六殺しの探索のために、里山を調べていると言い張ったが、

「控えろ！　たとえ町方与力とはいえ、たかが不浄役人ふぜいが、偉そうに言うでない！　さっさと立ち去れい！」

と槍を突き出してきた。その穂先が、わずかだが栄市の肩を掠った。

次の瞬間、逸馬の刀が鋭く鞘走り、スパッと槍の柄を切り落としていた。とっさのことで、逸馬自身、思慮があってやったことではなかった。それを見た番方たちは、大声を上げて仲間を呼び、あっという間に、逸馬と栄市をずらり取り囲んだ。

「刀を棄てろ。貴様、只で済むと思うなよ」

役人の頭目が叫ぶと、逸馬は売り言葉に買い言葉、

「てめえらこそ、命を落とす覚悟があるんだろうな」

と返した途端、番方たちは問答無用で、一斉に斬りかかってきた。逸馬は鋭い剣捌きで弾き返しながら、栄市を庇って斬り結んだ。しばらく、一進一退を繰り返して、刃が欠けるような勢いで大暴れをしていたが、多勢に無勢、しかも子連れとなると不利である。

その時、栄市は懸命に叫んだ。

「藤堂様、こっちだ！」

栄市が駆け出す方へ、逸馬も走った。様々な灌木が生い茂っているが、栄市はかいくぐるように逃げる。子供ほど自由がきかぬ逸馬は、それでもひたすら追った。

紅葉が散る里山だが、常緑樹も沢山あり、波打つ緑の下に栄市の姿は見えなくなったり、現れたりする。それを追いながら、逸馬は襲いかかってくる敵の刃をかわしていた。

だが、この里山は不思議な高低差と急激な斜面の変化、さらに樹木の複雑さがあって、走り回っていると、一瞬、自分のいる場所が分からなくなる。

「そっちは危ないよ、藤堂様。足元のすぐ先はちょっとした崖になってる。だから、ほら、そこに紅葉を敷いておけば……」

と栄市は山のように落ちている紅葉を、ばさっと投げた。そんなことをしなくても、すでに道なのか溝なのか分からないような風景が広がっている。

「鬼さん、こちら！　べろべろべえ！」

栄市が番方役人たちを挑発するようにからかって逃げ出すと、ムキになって追って来た者たちは紅葉で足を滑らせて、岩場の溝に転落した。その隙に、二人は逃げ出したのだが、逸馬には、何処をどう走っているか分からない。

どんどん鬱蒼とした山の中に分け入って行くのだが、それでも栄市は、自由自在に走り回った。逸馬はただただ追って行くだけであった。

遠く遥か後方から追って来ている番方たちは、深くなる山道に足を取られ、方向も分からなくなって、戸惑っているようであった。

どれくらい走ったか、逸馬の目の前に小さな洞穴があった。やはり幾つかの紅葉した樹に囲まれるように、ひっそりと。

「ここだよ、藤堂様」

「洞窟……」

「この中には、絶対に入っちゃいけないって、孫六爺ちゃんが言ってた」

「どうして？」

「この先は、地中を走る川に繋がっていて、一度入ってしまうと、二度と出て来ることができずに、川に溺れてしまうって言われた」

「ということは……もしかして、この中に埋蔵金があるというのか」

「今までも何人かが入って行ったんだけど、誰一人出て来た者はいないって。嘘か本当か知らないけど、お宝があるとしたら、ここだって孫六爺ちゃんが言ってたことがあるよ」

「そうか、分かった」

と逸馬は頷いて、「だが、この場所には二度と来られそうにないな」

「大丈夫だよ。ここは、ブナの千尋《ちひろ》と、楢の小春《こはる》がいるから」

木に名前をつけているという栄市らしく、森の中のことはすべて把握しているようだった。

逸馬は刀を帯から外すと、少し斜めになっている洞窟の入口から、顔を入れてみた。やけにひんやりして鍾乳洞のようだ。

「……たしかに、この先はごうごうと水が流れる音がする。足を滑らせて落ちたりすれば、そのまま溺れるかもしれぬな」

暗闇に少し慣れると、壁などは見えるが、奥に何があるか分からなかった。でも、その中に宝があれば、

――鳥居耀蔵が狙っているのは、これだ。

という証を突きつけることができる。そのために孫六を殺したことは、すでに北町で押さえている半五郎と併せて、追及のネタになるであろう。

逸馬が中へ入ろうとしたとき、

「待ってください」

と女の声がかかった。振り返ると、そこには茜がいた。

「そこから入れば、本当に危ないだけです」

「……茜、どうして、ここへ」

「そんなことより、その洞窟は埋めなければいけないと思います。でも、鳥居様は、その奥に沈んでいる百万両がどうしても欲しかった。ですが、この場所は……孫六さんとこの栄坊しか知らない」

「だから、尾けて来たのか？」

茜はこくりと頷くと、猿のように素早く洞窟の中へ飛び込んだ。

危ない所だと言いながら、自ら入るとはどういう了見なのだと、逸馬も後を追おうとしたが、すぐさま茜は戻ってきた。

「お、おい！」

「さ、早く離れて！」

逸馬と栄市の手を引くように、その場から離れると、

——ドカン、ドカン！

と激しく爆発が起こって、洞窟の内側の岩場が崩れて塞がってしまった。茜が火薬を仕込んで、素早く火をつけたのだ。激しい轟音とともに、道が閉ざされた。

「どういうつもりだ、茜……」

逸馬が優しい目で尋ねると、茜はそれについては何も答えず、

「百万両のお宝はなかったと、私が報せるのです、鳥居様に。それがなければ執着する土地ではないのです。鳥居様の欲望は夢と消え、栄坊の松茸は赤松がある限り続くと思います」

茜は鳥居を裏切ったのかもしれない。

大変な決意を実行したにも拘わらず、平然と崩壊した洞窟を眺めている茜の横顔を、逸馬はいつまでもじっと見つめていた。

その後――孫六殺しについては、半五郎一家の若い衆が手を下したとして、極刑に処せられた。そして、『美濃屋』主人の数右衛門も捕縛された。

逸馬はまた、ゆっくりと時をかけて吟味し、獄門に相応しいと遠山奉行に言上したが、

「吟味の他は、何事も特になし」

と自分の日記にはしたためたのであった。

紅葉がひらひらと舞う晩秋の江戸に、逸馬は一人佇んでいた。いつもの大将らしくないのは、その事件の後、茜の姿がふっつり消えたからである。

鳥居の周辺からも、その気配を消しているようだ。

「別の生き方をしてくれていればよいが……」

茜のことばかりが気がかりな逸馬は、人混みの中にその姿を探す毎日だった。

ひらりと紅葉が舞った向こうに、初雪のちらつく江戸の町が広がる。

「すっかり寒くなったねえ、冬支度をしなきゃねえ」

通りの喧噪の中で、人々が慌ただしく声をかけあっていた。

本書は文庫書下ろしです。

|著者|井川香四郎　1957年愛媛県生まれ。主な作品に、『冬の蝶 梟《ふくろう》与力吟味帳』（講談社文庫）のほか、「暴れ旗本八代目」（徳間書店）、「刀剣目利き神楽坂咲花堂」（祥伝社）、「船手奉行うたかた日記」（幻冬舎）、「金四郎はぐれ行状記」（双葉社）、「くらがり同心裁許帳」（ベストセラーズ）などのシリーズがある。

忍冬《すいかずら》　梟《ふくろう》与《よ》力《りき》吟味《ぎんみ》帳《ちょう》

井《い》川《かわ》香《こう》四《し》郎《ろう》

© Koshiro Ikawa 2008

2008年２月15日第１刷発行
2008年３月６日第２刷発行

講談社文庫
定価はカバーに
表示してあります

発行者——野間佐和子
発行所——株式会社　講談社
東京都文京区音羽2-12-21　〒112-8001
電話　出版部（03）5395-3510
　　　販売部（03）5395-5817
　　　業務部（03）5395-3615

デザイン—菊地信義
本文データ制作—講談社プリプレス制作部
印刷———豊国印刷株式会社
製本———株式会社若林製本工場

Printed in Japan

落丁本・乱丁本は購入書店名を明記のうえ、小社業務部あてにお送りください。送料は小社負担にてお取替えします。なお、この本の内容についてのお問い合わせは文庫出版部あてにお願いいたします。

ISBN978-4-06-275969-4

本書の無断複写（コピー）は著作権法上での例外を除き、禁じられています。

講談社文庫刊行の辞

二十一世紀の到来を目睫に望みながら、われわれはいま、人類史上かつて例を見ない巨大な転換期をむかえようとしている。

世界も、日本も、激動の予兆に対する期待とおののきを内に蔵して、未知の時代に歩み入ろうとしている。このときにあたり、創業の人野間清治の「ナショナル・エデュケイター」への志を現代に甦らせようと意図して、われわれはここに古今の文芸作品はいうまでもなく、ひろく人文・社会・自然の諸科学から東西の名著を網羅する、新しい綜合文庫の発刊を決意した。

激動の転換期はまた断絶の時代である。われわれは戦後二十五年間の出版文化のありかたへの深い反省をこめて、この断絶の時代にあえて人間的な持続を求めようとする。いたずらに浮薄な商業主義のあだ花を追い求めることなく、長期にわたって良書に生命をあたえようとつとめるところにしか、今後の出版文化の真の繁栄はあり得ないと信じるからである。

同時にわれわれはこの綜合文庫の刊行を通じて、人文・社会・自然の諸科学が、結局人間の学にほかならないことを立証しようと願っている。かつて知識とは、「汝自身を知る」ことにつきていた。現代社会の瑣末な情報の氾濫のなかから、力強い知識の源泉を掘り起し、技術文明のただなかに、生きた人間の姿を復活させること。それこそわれわれの切なる希求である。

われわれは権威に盲従せず、俗流に媚びることなく、渾然一体となって日本の「草の根」をかたちづくる若く新しい世代の人々に、心をこめてこの新しい綜合文庫をおくり届けたい。それは知識の泉であるとともに感受性のふるさとであり、もっとも有機的に組織され、社会に開かれた万人のための大学をめざしている。大方の支援と協力を衷心より切望してやまない。

一九七一年七月

野間省一

講談社文庫 最新刊

大江健三郎 **治療塔**
新しい地球に移住した「選ばれた者」たちが帰還した。著者初の近未来SF小説を復刊。

佐藤雅美 **白い息**〈物書同心居眠り紋蔵〉
晴れて定廻りとなった紋蔵。町を歩けば居眠りもしないし実入りも増えたが、楽じゃない。

太田蘭三 **待てば海路の殺しあり**
釣部渓三郎が駿河湾で釣り上げたのは、なんと銀行の女子行員。深まる謎に、痛快名推理。

井川香四郎 **忍《すい》冬《かずら》**〈梟《ふくろう》与力吟味帳〉
痛快にして胸に染みる好漢与力の活躍。文庫書下ろし4月スタートNHK土曜時代劇原作。

かしわ哲 **茅ヶ崎のてっちゃん**
少年てっちゃんが笑わせます、泣かせます！かつて家族は、こんなに面白く温かだった。

黒田研二 **ウエディング・ドレス**
純愛か裏切りか。結婚式当日起きた悲劇に、秘められた謎とは？メフィスト賞受賞作。

岳真也 **色散華**
幕末の京に絢爛たる生と凄絶なる死を咲き散らした新選組。友禅職人が見た血闘の果て。

蘇部健一 **届かぬ想い**
運命の赤い糸は、赤い血となって繋がってい き……。一途な純愛が招く驚愕のミステリー。

佐高信 **佐高信の毒言毒語**
小泉純一郎にフィーバーした余波は現在にも及んでいる。辛口時評集。〈文庫オリジナル〉

北野輝一 **あなたもできる陰陽道占**
運気が下がると、あなたに突然不幸が襲ってきます。運気を変えるには!?〈文庫書下ろし〉

ウィリアム・ラシュナー 北澤和彦訳 **独善(上)(下)**
神のごとくふるまい、人助けが趣味という謎の歯科医。規格外のリーガル・サスペンス。

講談社文庫 最新刊

西村京太郎
十津川警部「悪夢」通勤快速の罠
JR中央線で通勤するサラリーマンを襲った悲劇の連鎖。十津川は事件の真相に迫れるか。

田中芳樹 編訳
岳 飛 伝 ㈣〈悲曲篇〉
常勝を誇る岳飛の背後でおぞましき陰謀が張りめぐらされる。史上屈指の名場面が連続！

森村誠一
雪 煙
アルプスの名峰で出逢った謎めいた女性と恋におちた刑事。二人の悲恋に明日はあるのか。

鳥羽 亮
天 狗 の 塒《ねぐら》〈波之助推理日記〉
続発する幼子の誘拐事件。その真相とは？大人気時代推理シリーズ。〈文庫書下ろし〉

加賀乙彦
ザビエルとその弟子
キリスト教伝道師であるフランシスコ・ザビエルの最晩年を、3人の弟子を通じて描く。

小路幸也
高く遠く空へ歌ううた
高く広い空の街で暮す少年ギーガン。知らぬうち不思議な事件に巻き込まれていく――。

野沢 尚
ラストソング
才能だけを信じ疾走する者たち。『破線のマリス』以前に、野沢尚が書いた青春小説の傑作。

日明 恩
鎮 火 報〈Fire's Out〉
20歳の新米消防士・大山雄大が、連続放火事件の究明を通して成長していく長編の傑作。

阿刀田 高
新装版 **食べられた男**
洗練されたユーモアと底なしの恐怖が見事に融合した、ショートショート傑作集41編！

海音寺潮五郎
新装版 **江戸城大奥列伝**
「表」の老中に匹敵するほどの権勢を持つに至った大奥婦女を鮮やかに描いた海音寺史伝。

大道珠貴
傷口にはウオッカ
寿一郎を手放せばあとがない……。痛みを確かめながら生きる永遠子《とわこ》、40歳の愛のかたち。

司馬遼太郎
井上ひさし
新装版 **国家・宗教・日本人**
当代きっての二大作家が迷走する日本の過去・現在・未来の諸問題を語りつくした対談集。

講談社文芸文庫

富岡多恵子
逆髪
解説＝町田康　年譜＝著者
かつて姉妹漫才で鳴らした鈴子と鈴江。血縁という磁場に搦めとられてもがく家族の生態と、謡曲「蟬丸」の悽愴の光景を重ね、強靱な語りの文体で描く長篇傑作。
とA7
978-4-06-290004-1

遠藤周作
堀辰雄覚書・サド伝
解説＝山根道公　年譜＝山根道公
遠藤文学の二大テーマ、「日本人とキリスト教」そして「悪の問題」について、果敢に挑んだ前半期の精華を集成。評論家としての著者を知るための注目すべき二作品。
えA7
978-4-06-290003-4

吉田健一
吉田健一対談集成
解説＝長谷川郁夫　年譜＝藤本寿彦
グラス片手に、文学のこと、文士のこと、父のこと、人生についてなど、河上徹太郎、丸谷才一、徳川夢声ら八名と語り合う酒中抱腹歓談。——あの笑い声が甦る。
よD15
978-4-06-290005-8

氏家幹人 江戸の性談〈男たちの秘密〉
内田春菊 愛だからいいのよ
内田春菊 ほんとに建つのかな
魚住直子 非・バランス
魚住直子 超・ハーモニー
魚住直子 未・フレンズ
植松晃士 おブスの言い訳
内田也哉子 ペーパームービー
上田秀人 密封〈奥右筆秘帳〉
遠藤周作 海と毒薬
遠藤周作 わたしが・棄てた・女
遠藤周作 ぐうたら人間学
遠藤周作 聖書のなかの女性たち
遠藤周作 さらば、夏の光よ
遠藤周作 最後の殉教者
遠藤周作 反逆(上)(下)
遠藤周作 ひとりを愛し続ける本
遠藤周作 深い河《ディープ・リバー》
遠藤周作 周作塾〈読んでもタメにならないエッセイ〉

遠藤周作 『深い河』創作日記
衿野未矢 依存症の女たち
衿野未矢 依存症の男と女たち
衿野未矢 依存症がとまらない
衿野未矢 「男運の悪い」女たち
衿野未矢 男運を上げる15歳ヨリウエ男〈悩める女の厄落とし〉
江上剛 頭取無惨
大江健三郎 新しい人よ眼ざめよ
大江健三郎 宙返り(上)(下)
大江健三郎 取り替え子《チェンジリング》
大江健三郎 鎖国してはならない
大江健三郎 言い難き嘆きもて
大江健三郎 憂い顔の童子
大江健三郎 河馬に噛まれる
大江健三郎 M/Tと森のフシギの物語
大江健三郎 キルプの軍団
大江健三郎・文 大江ゆかり・画 恢復する家族
大江健三郎・文 大江ゆかり・画 ゆるやかな絆
小田実 何でも見てやろう

大橋歩 おしゃれする
大石邦子 この生命ある限り
沖守弘 マザー・テレサ〈あふれる愛〉
岡嶋二人 焦茶色《こげちゃ》のパステル
岡嶋二人 七年目の脅迫状
岡嶋二人 あした天気にしておくれ
岡嶋二人 開けっぱなしの密室
岡嶋二人 三度目ならばABC
岡嶋二人 とってもカルディア
岡嶋二人 チョコレートゲーム
岡嶋二人 ビッグゲーム
岡嶋二人 ちょっと探偵してみませんか
岡嶋二人 記録された殺人
岡嶋二人 ツァラトゥストラの翼〈スーパー・ゲーム・ブック〉
岡嶋二人 そして扉が閉ざされた
岡嶋二人 どんなに上手に隠れても
岡嶋二人 タイトルマッチ
岡嶋二人 解決まではあと6人〈5W1H殺人事件〉
岡嶋二人 なんでも屋大蔵でございます

逢坂 剛 燃える蜃気楼(上)(下)
逢坂 剛 新装版 カディスの赤い星(上)(下)
逢坂 剛 M・ルブラン原作 奇巌城
オノ・ヨーコ 飯村隆彦編 ただの私《あたし》
オノ・ヨーコ 南風 椎訳 グレープフルーツ・ジュース
折原 一 倒錯のロンド
折原 一 水の殺人者
折原 一 黒衣の女
折原 一 倒錯の死角〈201号室の女〉
折原 一 101号室の女
折原 一 異人たちの館
折原 一 耳すます部屋
折原 一 倒錯の帰結
折原 一 蜃気楼の殺人
折原 一 叔母殺人事件〈偽りの館〉
大橋巨泉 巨泉〈人生の選択〉
大橋巨泉 巨泉流 成功！海外ステイ術
太田忠司 紅《べに》天《すず》蛾《め》〈新宿少年探偵団〉
太田忠司 鴇色の仮面〈新宿少年探偵団〉
太田忠司 まぼろし曲馬団〈新宿少年探偵団〉
太田忠司 黄昏《たそがれ》という名の劇場
小川洋子 密やかな結晶
小川洋子 ブラフマンの埋葬
小野不由美 月の影 影の海(上)(下)〈十二国記〉
小野不由美 風の海 迷宮の岸〈十二国記〉
小野不由美 東の海神《わだつみ》 西の滄海〈十二国記〉
小野不由美 風の万里 黎明の空(上)(下)〈十二国記〉
小野不由美 図南の翼〈十二国記〉
小野不由美 黄昏の岸 暁の天〈十二国記〉
小野不由美 華胥《かしょ》の幽夢《ゆめ》〈十二国記〉
乙川優三郎 霧の橋
乙川優三郎 喜知次
乙川優三郎 屋《おく》烏《う》
乙川優三郎 蔓の端々
乙川優三郎 夜の小紋
恩田 陸 三月は深き紅の淵を
恩田 陸 麦の海に沈む果実
恩田 陸 黒と茶の幻想(上)(下)
恩田 陸 黄昏の百合の骨
奥田英朗 ウランバーナの森
奥田英朗 最悪
奥田英朗 邪魔(上)(下)
奥田英朗 マドンナ
乙武洋匡 五体不満足〈完全版〉
乙武洋匡 乙武レポート〈'03版〉
大崎善生 聖《さとし》の青春
大崎善生 将棋の子
大崎善生 編集者T君の謎〈将棋業界のゆかいな人びと〉
押川國秋 十手人
押川國秋 勝山心中
押川國秋 捨て首〈臨時廻り同心日下伊兵衛〉
押川國秋 中山道の雨〈臨時廻り同心日下伊兵衛〉
押川國秋 母の剣法〈臨時廻り同心日下伊兵衛〉
押川國秋 佃の渡し〈臨時廻り同心日下伊兵衛〉
押川國秋 辻斬り
押川國秋 八丁堀日和〈臨時廻り同心日下伊兵衛〉
大平光代 だから、あなたも生きぬいて

小川恭一　江戸の旗本事典〈歴史・時代小説ファン必携〉
落合正勝　男の装い基本編
大場満郎　南極大陸単独横断行
小田若菜　サラ金嬢のないしょ話
奥野修司　皇太子誕生
奥泉光　プラトン学園
海音寺潮五郎　孫子
海音寺潮五郎　新装版 列藩騒動録(上)(下)
加賀乙彦　高山右近
金井美恵子　噂の娘
柏葉幸子　霧のむこうのふしぎな町
勝目梓　悪党図鑑
勝目梓　処刑猟区
勝目梓　獣たちの熱い眠り
勝目梓　昏《くら》き処刑台
勝目梓　眠れない
勝目梓　生贄《いけにえ》
勝目梓　剝《は》がし屋
勝目梓　地獄の狩人

勝目梓　鬼畜
勝目梓　柔肌は殺しの匂い
勝目梓　赦《ゆる》されざる者の挽歌
勝目梓　毒と蜜
勝目梓　秘戯
勝目梓　鎖の闇
勝目梓　呪縛
勝目梓　恋情
勝目梓　覗く男
鎌田慧　自動車絶望工場〈ある季節工の日記〉
鎌田慧　六ヶ所村の記録〈核燃料サイクル基地の素顔〉
鎌田慧　いじめ社会の子どもたち
鎌田慧　津軽・斜陽の家〈太宰治を生んだ「地主貴族」の光芒〉
桂米朝　米朝ばなし〈上方落語地図〉
笠井潔　梟《ふくろう》の巨《おお》なる黄昏《たそがれ》
笠井潔　群衆の悪魔〈デュパン第四の事件〉
笠井潔　ヴァンパイヤー戦争《ウォーズ》1〈吸血神ヴァーオゥの復活〉
笠井潔　ヴァンパイヤー戦争《ウォーズ》2〈月のマジックミラー〉
笠井潔　ヴァンパイヤー戦争《ウォーズ》3〈妖僧スペシネフの陰謀〉

笠井潔　ヴァンパイヤー戦争《ウォーズ》4〈魔獣ドゥゴンの跳梁〉
笠井潔　ヴァンパイヤー戦争《ウォーズ》5〈謀略の礼部クーデター〉
笠井潔　ヴァンパイヤー戦争《ウォーズ》6〈秘境アフリカの女王〉
笠井潔　ヴァンパイヤー戦争《ウォーズ》7〈蛮族トゥトゥインガの逆襲〉
笠井潔　ヴァンパイヤー戦争《ウォーズ》8〈ブドゥールの黒人王国〉
笠井潔　ヴァンパイヤー戦争《ウォーズ》9〈ルビヤンカ監獄大襲撃〉
笠井潔　ヴァンパイヤー戦争《ウォーズ》10〈魔神ネヴセシブの覚醒〉
笠井潔　ヴァンパイヤー戦争《ウォーズ》11〈地球霊ガイ・ムーの聖婚〉
笠井潔　鮮血のヴァンパイヤー〈九鬼鴻三郎の冒険1〉
笠井潔　疾風のヴァンパイヤー〈九鬼鴻三郎の冒険2〉
笠井潔　雷鳴のヴァンパイヤー〈九鬼鴻三郎の冒険3〉
笠井潔　新版サイキック戦争I〈紅蓮の海〉
笠井潔　新版サイキック戦争II〈虐殺の森〉
川田弥一郎　白く長い廊下
加来耕三　信長の謎〈徹底検証〉
加来耕三　義経の謎〈徹底検証〉
加来耕三　山内一豊の妻と戦国女性の謎〈徹底検証〉
加来耕三　日本史勝ち組の法則500〈徹底検証〉

講談社文庫 目録

2007年12月15日現在